Div 作品

陰界黑幫

13

Mafia of the Dead

Div 著

自序

《陰界黑幫》十三，終於要出版了。

每次寫到序，內心都特別的感謝。

一個故事，一年一本，推演下去已經是十幾年的歲月，竟然還能出版！讀者與出版社你們始終都在，讓我好感動。

關於寫作，從最開始的興趣使然，之後挑戰各式題材，摸索新的世界，而現在，已然逐漸收攏回自己內心。

那個經歷了四十多年歲月的自己，體驗過兒時奇想，少年寂寞，中年平淡的自己，內心所渴望的故事是什麼？

我好像還沒找到答案，不過幸運的是，光是旅途，就已經充滿樂趣。

也許作品本身會離經典名作越來越遠，但我能肯定的是，故事一定會越來越有趣，越來越古怪，卻也越來越溫暖。

因為我很清楚，那就是內心的自己想要的答案。

還是謝謝大家，一起走這段旅程，我期望各位讀故事的時候，可以忘記很多煩惱，純粹的進入故事，然後心滿意足的離開。

我會繼續寫，不會停，謝謝讀者和出版社繼續支持。

謝謝大家。（鞠躬）

請各位繼續期待。

準備好打開第一頁了嗎？《陰界黑幫》十三，故事要開始嘍！

Div

陰界黑幫 13

Mafia of the Dead

「相傳紫微星系共有一百零八星，又以十四星主掌夜空，其影響國家興亡，個人運勢甚鉅，其為紫微、太陽、太陰、武曲、天同、天機、天府、天相、天梁、破軍、七殺、貪狼、巨門與廉貞是也。」

前情提要

琴為救老友右弼星木狼，率領伙伴莫言與五暗星夜闖陰界監獄，當眾人歷經千辛萬苦闖過層層險阻來到第六層，就要解開木狼牢籠之鎖時……天相岳老現身，揭開這局陷阱的底牌。

自此，岳老接管了整個戰局，敗莫言，殺五鬼，挫琴，敗木狼，敗浪蛟，岳老甚至以狂妄笑聲涉入陽世，連小靜的歌聲都被影響，最後終於引出地藏之手。

「今日不殺你地藏，我天相名字倒過來寫。」

地藏犧牲，琴不捨大哭，而後柏化作一團疾風救下了琴，更帶走重傷的眾人，倉皇逃離這座監獄。

當岳老出手要留下琴，他的一手毀滅氣勁卻被一朵從地面蔓延而出的花，以性命擋住。

這花原本藏於深山，當年因為與武曲一席溫柔相談，有了靈識，更煉化為妖，從此風雨百年歲月等待著武曲。

它更帶著當年武曲的一句話，要交還給武曲。

第五道食材。在陽世。

始終遍尋不著的第五道食材，竟然不在陰界，而在與陰界互為表裡的「陽世」？

倘若如此，已經敗得如此慘烈的琴，又該如何取得這最後食材？

第一章・城市逃亡戰

這裡是夢境。

夢境裡，天氣是晴天，午後有風。

兩個少女一起坐在防波堤上，一起看著蔚藍的海，她們聽著音樂，耳機一人一耳。

「哎，我覺得世界上某些人很特別，他們就像是天空上的星星。」其中一個女子留著及肩的髮，五官略微平凡，但說起話卻自然流露出神采，彷彿將她的面容點亮，帶出一股令人著迷的自信魅力。「我和妳，都是星星。」

「妳又在提妳的星格論嗎？」耳機另外一頭的女孩側過頭，她身材高䠷，有張漂亮的臉蛋，尤其是笑起來時一對虎牙特別迷人，更莫名有一份任性的美麗。「我聽妳說過，然後星星會互相吸引？」

「嗯。」自信女孩點點頭，「這就是我們互相吸引的原因喔。」

「這樣聽起來有點浪漫呢，啊，等等，我想到更浪漫的事情了。」那任性美麗女孩閉著眼睛，享受著此刻涼涼的海風。「風、海，還有音樂，我已經想好自己死前的願望了。」

「死前的願望？」

「我要像此時此刻，要和妳一起聽音樂，然後死去。」

「兩人一起聽音樂，然後死去？哈哈。」這自信女孩笑了起來，「超浪漫的喔，那我也要一樣的願望。」

「這樣不行啦，怎麼可以學我，妳要有創意一點啦。」

「要有創意啊？」自信女孩歪頭想了一下，「我的心，可以讓妳寄放一個東西，等到那一天到來，我就還妳。」

「寄放什麼啊？」

「看妳要寄放什麼啊？」自信女孩也閉上了眼，她也好喜歡此時此刻，音樂，好友，迎面而來的風有著海的味道。「一句話，一個秘密，一幅風景，或是一份心意都可以。」

「死前才還我？那就是願意替我保管到生命最後一刻的意思嗎？」

「可以這樣說喔。」

「那我想想，要請妳保管什麼東西，啊有了。」任性女孩伸出手指，在自信女孩手心，畫了一個小小的橢圓形。

「這是什麼？」

「一顆蛋。」任性女孩微笑。

「蛋？」

「對，我想把蛋放在妳心底，等那一天到了，妳再告訴我，這蛋孵出了什麼？」

「……」

「幹嘛不說話？」

「妳真是傻瓜，」自信女孩的表情看似有點感動，卻又一副受不了的樣子。「哪有人在別人心裡寄放蛋的啦。」

「我就是喜歡啊，我就是要在妳心裡放一顆蛋，等待它孵化的樣子。」

「真不知道，這顆蛋會孵出什麼呢……」

然後，琴夢醒了。

同一時間，小風的夢，也醒了。

她們竟在同一時間，做了相同的夢。

陰界。

當柏施展技能「風」，一路從圖書館的六樓席捲而下，更夾帶所有被天相擊傷的眾人從圖書館逃離，同一時間，這座城市也開始發生了巨大變動。

以黑白無常為首的警察組織，在陰界監獄事件之後，對這城市展開了大規模的搜查。

「別動！警察臨檢！」

數以百計的巨大鐵蝸牛在城市街道中爬行，每隻蝸牛上都坐著滿滿的陰界警察，啪嗒～啪嗒～更像是一根沾滿黏液的大拖把，發出在地面拖行的聲響。

動用如此大的警察陣仗，頓時引起民眾的竊竊私語，很快地，民眾從爆炸的網路資訊上歸納出這場大規模臨檢的原因，那就是「逃獄了！蘭陵監獄裡重刑犯逃獄了！」。

號稱陰界最可怕的監獄蘭陵，它燃起沖天火焰，一整夜都是驚心動魄的震動聲，彷彿惡神舉起鎚子，猛力敲擊大地。

逃犯中，有著隸屬刀堂的右弼星木狼，政府一代名將的左輔星浪蛟，竟從陰界有史以來最嚴密的書本監獄中，被人救了出來！

劫獄事件，讓向來以威權和恐懼來治理人民的政府無比震怒，派出數千名警察搭上鐵蝸牛出動，在城市各個街道疾走，誓言要逮殺嫌犯，找回警察威信。

在「寧可錯殺不可放過」的原則下，不少人莫名其妙的被戴上了手銬腳鐐，被警察拖進了警局。

但警察蠻橫的行為也同時引起陰魂們的憤怒，「這些人和劫獄無關吧？根本就是黑白無常的警察系統在借刀殺人！」

因為人民情緒的不滿，當警察將人帶走時，更引發了幾波小衝突，尤其是逮捕到身上具有黑幫身分的陰魂時，衝突更是劇烈。

黑幫分子本來就具備一定武力，性格更是血性，幾個小幫的幫主要被警察帶走時，底下的幫眾不只鼓譟，甚至動手和警察打了起來。

但畢竟只是小幫小派，警察的四大系統駐警、巡警、刑警與特警分進合擊，展現絕對武力優勢，頓時把整個幫派抄了。

只是小幫派畢竟成不了氣候，能和政府抗衡的大幫派中，僧幫已被剷除，道幫和紅樓和政府是一丘之貉，更助長了政府這波無差別掃蕩的氣焰。

剩下仍有微薄威脅力的中型黑幫，如海幫，在鳳閣帶領下，雖然頗有戰力，但幫內幫員上千，每個人背後可能都是一整個家庭，所以他們只能咬牙隱忍，選擇不與政府正面衝突。

於是整個搜查演變到後來，警察已經如同豺狼虎豹，惡鬼流氓，橫行整個陰界城市。而這波臨檢中，被掃蕩的首要對象，莫過於新生幫派「硬幫幫」了！

硬幫幫在短時間內快速崛起，更在僅僅數月之間，就深入整個陰界的生活之中，他們送貨、寄貨、帶貨，替陰界帶來難以想像的巨大便利。

每個人不管生活多忙，交通多不方便，拿起手機滑兩下就解決了一餐，這讓社會節省了大量時間，更慢慢地改變了整個陰界的社會結構。

雖然硬幫幫這一路上的成長也出現過不少競爭者，但靠著琴或莫言等強大的武力為後盾，加上幫內自律甚嚴，頗得人民喜愛，使它輕易地甩開競爭者們，轉眼已經是足以和公路幫相抗衡的中型黑幫了。

面對這樣與民生緊緊相繫，底蘊強大的黑幫，政府警察雖然強硬，但也不敢直接拔除。

雖然不敢直接拔除，但衝突仍在各處上演著……

「幹什麼要臨檢？」硬幫幫的其中一名送貨員，他正拿著幾袋滾燙的火鍋，對著攔阻他的警察大聲吼。「我這『生靈活鍋』要在三分二十秒內送到目的地，延遲一分鐘，裡面的生靈可是會死而復生，到時候買家反而被生靈吃掉，你要負責嗎？」

「我說過我們不知道幫主在哪裡！」硬幫幫的另外一個幫眾，肩膀上扛著一頭還在扭動的白色巨蟲，被幾個巡警堵住了去路，他大聲嘶吼著。「我這頭乳白巧克力蟲，剛好今天在土裡熟成，正值最佳賞味期，一公斤價格十萬起跳，買家更是你們政府高官，牠若死了不只美味全沒了，更成為黑色劇毒，你承受得起嗎？」

「攔攔攔個屁啊，我接下來還有二十幾張單啊，多少張嘴正在等我送貨啊，你這一攔，他們都要餓肚子啦。」又一個硬幫幫的送貨員哀號著，他手上的單像是一疊撲克牌般厚厚的頗為驚人。「警察大人，你嘛行行好，快點檢查，罰單要開開快點，讓我去送貨吧。至於你說那些劫獄的人，真的是我家老大嗎？有證據嗎？沒證據就不要亂抓人吧。」

不過，乍看之下硬幫幫是全然的弱勢，實則不然。

因為，當警察不斷拖慢硬幫幫送食物的速度，竟讓整個城市的情緒一點一滴的升高，逐漸沸騰暴怒起來。

原因是，陰魂們都餓了。

尤其是，沒有實體，只靠能量而活的陰魂，食物的地位可說是比天還高，沒有食物那就是天翻地覆了！

越是餓，暴漲的情緒就升得越高。

城市裡陰魂怨氣高漲，不只各處都有陰魂跑上街頭，這些飢餓的魂魄更與警察發生衝突，他們的口號只有一個。

餓啊！

餓，使魂魄瘋狂，更是引爆革命之始，在原始暴力的陰界尤其嚴重！

我餓啊！餓啊！

情勢越來越緊張，但政府這波鋪天蓋地的臨檢，卻沒有找到硬幫幫幫主本人。

琴，和這群勇於挑動政府虎鬚的人物，竟然就這樣憑空在陰界中消失了，他們到底躲到哪去了呢？

當晚，柏以他技能「風」，帶著眾人包括重傷昏迷的琴、木狼、浪蛟、忍耐人、小曦，及解神女等逃離了圖書館，他原本是打算直衝硬幫幫總部，回到琴的老巢。

但他的風才靠近，忽然，背後就有人追上。

「破軍，留步！」那人腳踩透明滑溜的收納袋，如同雪地滑冰者般優雅且高速，竟追上了風。

此人眼戴墨鏡，身形精悍，正是莫言

「不能回硬幫幫總部。此次劫獄，是天相親自出手鎮壓，後續動作絕對是一步扣著一步，連綿不絕，回去硬幫幫總部正好著了他們的道。」

「也是。」柏也是經歷生死的戰士，一思索立刻明白。「那我們該如何？」

「我們這一群人雖然高手眾多，但全都身受重傷，遇到一般警察也許尚能應付，若遇到甲級星以上高手，肯定難以支撐。」莫言說，「我手上是有幾個藏匿地點，只是在政府全面搜索下，應該無法躲藏太久。」

「既然如此，我倒有一個想法。」柏說，「最危險之處，便是最安全之處。」

「喔？」

「那就請眾人來我住所一躲吧。」柏微微一頓，然後開口。「就在政府之內的……

破軍殿。」

「破軍殿，就在政府之內？」這剎那，莫言微微一愣，但他隨即明白，這確實是一個極為巧妙的主意。

畢竟，警察系統遍佈整個城市，正如火如荼地檢查各大黑幫，可是無論軍警再怎麼猖狂囂張，都不可能回頭檢查自己的總部，正所謂燈塔下方反而最為黑暗，不過……

「我怎麼知道，你不會反手把我們賣了？」莫言冷眼看著柏，「這場陰界監獄之戰，之所以會以如此慘烈的局面收場，不就是因為你替天相岳老帶來消息？」

「因為我的情報引發這次事件，我感到抱歉。」柏低頭，生性冷酷的他想起剛才「地藏之手」因為擋住天相一擊而殞命，一想到剛才琴大哭的眼淚，他內心更是隱隱絞痛。

「但這確實是我能想出最好的辦法了，請相信我。」

但就在莫言遲疑之際，忽然，原本在一旁重傷昏迷的琴，卻伸出了手，輕輕拉住了莫言。

「莫言，我相信……」

「琴？」莫言一愣，低頭看向了琴。

「柏他沒有惡意……他也是被天相設計……」琴聲音虛弱，「而且地藏……地藏之手最後出去的時候，他充滿慈悲，光明坦蕩，他告訴我不要去恨，更不要去責怪……

哇——」

琴一說到地藏，悲痛之餘又牽動傷勢，忍不住又哭了起來。

「這，」莫言看著琴，他知道這一干人傷勢都太重，一定得快速找地方安置，沒有時間再猶豫了。

「神偷，來破軍殿吧，我可以擔保破軍沒有惡意。」這時，一個溫柔聲音響起，她是解神女。「被天相擊傷可不是小事，若不快點處理怕是會種下病根，到了破軍殿，不受侵擾，讓我用解神曲替大家療傷，好嗎？」

「解神女……」莫言深吸了一口氣，他是決斷明快的梟雄之輩，向來不會拖泥帶水。「好，再勞請妳替眾人療傷了。」

「當然，我們快出發吧。」

「不過現在警察在每條道路上都佈下重兵，越靠近政府周邊守備也會越嚴密，這條路上依舊有風險。」柏沉吟，「我們這麼多人，目標太明顯，得想個法子。」

「老大，不如讓我去吸引警察。」這時，忍耐人雖然重傷，仍緩慢起身。他在適才與天相一戰中，僅被天相看一眼，就壓得他全身骨頭碎裂。

只是他畢竟是忍耐人，硬是用鐵汁修復自己後，仍要再戰。

「破軍，你底下倒有幾個講義氣的角色。」莫言說，「但關於逃入政府這事，我倒有兩招可以應對。」

「哪兩招？」

「招式之一，」莫言右手翻轉，一只透明閃亮的收納袋在他掌心飄浮跳躍著。「那就是傷病多也完全不是問題。我有收納袋可以運送。」

「對，你有收納袋這項技能，運送傷患對你而言確實是輕而易舉。」柏點頭，「那穿過嚴密的警察部署，你可有好辦法？」

「那就是第二招了。」莫言從口袋中拿出了手機，按了幾個按鍵，然後電話撥通。「喂，是陰沉少女嗎？」

「莫言！你是莫言？對嗎？」電話那頭，傳來陰沉少女驚喜的聲音。「你們逃出來了？琴姐還好嗎？」

「目前尚好，不過我和琴需要妳和硬幫幫的力量。」

「需要我的力量？能為琴姐而戰是我最最開心的事情了，聽到琴姐沒事真的太棒了，妳知道我昨晚擔心了多久嗎？超級超級擔心的！」陰沉少女聲音帶著哽咽，「快告訴我，我能幹嘛？」

「我要妳調動硬幫幫力量，在城市各處同時製造騷動。」莫言說，「務必要讓警力疲於奔命。」

「啊，所以趁這波騷動，你打算送琴姐去某個地方躲起來，是嗎？」

「沒錯，聰明。」莫言微笑，他從不懷疑這陰沉少女的聰明才智，好話不用說第二次，她就懂了。

「酷喔，我不會問你要去哪的，免得我佈局時洩漏了蛛絲馬跡。」陰沉少女的聲音中，帶著笑意。「我會同時操縱五十支手機，指揮硬幫幫上千名幫眾，搭配陸行鳥的高速，發揮他們各自的本領，在這城市裡多點開花，大鬧一場，把警察系統弄成一團稀泥糊糊！」

「好，靠妳了。」

「給我三分鐘。」陰沉少女聲音興奮，「真的，幸好琴姐沒事，圖書館那陷阱，真的嚇死我了。」

「嗯，是不是真的沒事，得躲過政府這波反擊才算。」莫言說，「記得找駭客小白，這傢伙的網路破壞力很強。」

「對！沒錯，駭客小白他一定很願意幫忙，最近警察欺負我們欺負得太狠了，一點小小的反擊，也只是剛好而已！」陰沉少女咯咯笑著，「我先掛斷電話了，三分鐘，看我們硬幫幫的厲害吧！」

莫言電話掛斷，同時看向手錶，三分鐘是嗎？那我就等妳三分鐘。

電話掛斷後短短三十秒不到，忽然地面一震，城市遠方就傳來第一聲炸裂聲。

「來了。」

炸裂聲後，緊接而來的是從四面八方響起的警車鐵蝸牛聲音，警察以無線電互相通報，開始集結了。

但，很快地，第二個炸裂聲也跟著響起。

兩個炸裂點的地方距離甚遠，只聽到警笛聲音分成兩股，朝兩處分開而去。

但就在十秒後，第三個、第四個、第五個……甚至超過十個地點，在城市各個角落，同時炸起。

這剎那，警車聲音變得異常凌亂，因為引爆點又多又廣，警察一時間不知道往哪邊集結，頓時亂成一團。

「厲害，這幾個地點距離不只遠，而且彼此交通路線曲折，更重要是引爆的時間間隔極短，讓人想追又不敢追，把警力完美的拆散。」柏聽音辨位，忍不住讚嘆。

「應該不只如此。」莫言才開口，忽然，城市中整個警察的嗚笛聲變成一團混亂，有的往東，有的往西，甚至有鐵蝸牛當街直接對撞。

「怎麼回事？」解神女訝異地看向莫言。

「小白的駭客程式發威了！他侵入了警察的通訊系統，癱瘓了他們之間溝通的網路。」莫言看著手錶，「三分鐘到了，我們走！」

這聲我們走一喊，只見莫言右手的收納袋張開，將受傷的眾人一口氣捲入收納袋之中，同時往前一躍，腳上閃爍透明溜冰鞋的收納袋，宛如踩著滑板的城市跑酷高手，在街道上優雅且快速地滑行起來。

「好。」柏見狀，讚了聲好，身體一轉，化成微型龍捲風，緊跟了上去。

一路上，當莫言等人在城市的街道上潛行，果然見到路上到處都是騎著陸行鳥的硬幫幫幫眾，他們一邊躲避警察，一邊伺機作亂。

有的幫眾扔出會發出巨響但卻沒有絲毫傷害力的爆音球，有的是把會短時間發出惡臭的食物朝空中亂撒，有的則刻意騎著陸行鳥跳到鐵蝸牛上亂踩一陣，然後等到警察抓狂，就馬上朝暗巷躲去。

而警察們雖然強悍，但他們的對手陸行鳥速度實在太快，加上對手對城市暗巷無比熟悉，讓他們行動如同幽魂鬼魅，失去聯絡系統的警察，幾乎毫無招架之力，被當成小孩一般戲耍。

硬幫幫上千名好手，在陰沉少女如音樂指揮家的配置下，效率奇高的四處移動，耍弄警察，有些鐵蝸牛追入小巷卻卡住動彈不得，警察只能下車高舉無錠槍展開追逐，但突然上頭一黑，原來是陸行鳥叼走帽子，甚至被暗中踹了好幾腳。

見到警察如此狼狽，一旁陰界居民紛紛叫好，不只如此，他們更暗中出手相助。

居民不單掩護硬幫幫幫眾，面對警察的詢問一問三不知，更替硬幫幫抹去地上證據，或是趁亂絆倒警察，更趁亂揍了警察好幾拳。

最高明的是，他們將警察被戲耍的照片，傳上網路。

網路如同城市裡綿密的資訊流，陰界居民開始串聯，互相呼應，投入這場捉弄陰界警察的大型遊戲。

當然，這些照片之所以能突破政府一貫的網路封鎖，在網路上高速發酵，自然與他有關。

他，一邊吃著八點二分熟，表面裂紋均勻的茶葉蛋，一邊在電腦後面笑著。

「有我天才星小白在，整死你們這些臭陰界警察！」

警察被捉弄，在網路發酵，四處奔波但一無所獲，眼看這原本要掀起腥風血雨的大搜查，就要淪為一場荒謬的笑話之時……政府的大門轟然打開，一群身穿墨綠制服，姿態威武，殺氣騰騰的部隊出現了。

「是軍隊！」

政府共有五軍，東西南北中，其中南北兩軍因為曾參與僧幫大戰，傷兵不少，尚在休養，故本次出動的是西軍，西軍之首多年懸而未決，故率隊出動者為西軍之副——喪門。

同時間，與政府親近的黑幫「紅樓」也做出了反應，紅樓廉貞邪命之下兩大門主「姚門」與「貴門」，其中貴門一開，數百名貴門部屬傾巢而出，與軍方會合，共同行動。

軍隊在明，紅樓在暗，紅樓負責蒐集黑幫情報，而軍隊則如殺人大刀，橫掃現場。

「糟糕，對手如果是軍隊就危險了，算算時間琴姐她們也該逃掉了。」陰沉少女收到訊息，她當機立斷，同時操縱五十支手機。「各路好手聽命，所有計畫停止，撤！」撤退命令一出，短短三十秒，所有的硬幫幫幫眾竟然像是縮回巢穴的海蛇，咻一聲同時消失在大街小巷。

不只如此，駭客小白也在網路上以爆炸方式散播緊急訊息，要所有民眾別再插手。「軍隊來了！請民眾盡速回家，千萬不要在外逗留！」

只是，三十秒很短，對訓練有素戰力可怕的軍隊來說，卻已經足夠踩住硬幫幫的小尾巴。

其中一個硬幫幫的幫眾，她名叫土屋娜，有著日本與歐洲混血的臉孔，生前是模特兒兼歌手，進入硬幫幫後專做「小鳥食餐盒」，標榜無熱量，全川燙，清淡到會讓人以為自己在絕食的瘦身餐盒。

她對付警察的方式，是用歌聲把警察引到暗巷，然後透過暗巷的角落與回音，先是迷惑警察，再以武器「鑲滿鑽石的麥克風」偷襲對方的後腦。

但下一刻，土屋娜動作一停，因為她發現被包圍的，竟然是自己。

暗巷外，不知道何時，竟然已被軍服筆挺，殺氣騰騰的軍人給站滿了。

「先抓一個，酷刑伺候，問出背後主使者。」率領這小部隊的是排長，他身材高壯，形貌威武，身邊卻站著一個沒穿制服的人，這人體型矮小，面容猥瑣，胸口有個「貴」字。

「排長啊，您們能這麼快就抓到第一個，可全仗我們紅樓的情報網哩。」這個貴字門的人，正是紅樓派出來協助軍隊的。「到時候有功勞可別忘了我們一份勒。」

「哼。」排長的表情帶著一絲鄙夷，不過卻沒有多說什麼。「弟兄們，抓下來。」

土屋娜左顧右盼，背後冷汗涔涔，此刻周圍的軍隊手握各式兵器，兵器透出森森寒氣，以她的道行，是絕對逃不出去的。

如果沒逃成功，接下來可不是被關入警察看守所這種程度而已，而是軍隊等級的酷刑折磨，其可怕與殘忍，光想就讓土屋娜渾身發抖。

但，能怎麼辦？

她逃不掉啊。

但就在此刻，忽然周圍出現幾道身影，其身影速度之快，動作俐落，從四面八方踏牆而來，一瞬間就將土屋娜護在中間。

「隨我們走。」這身影每人全身都穿著斗篷，只露出一雙眼睛，他們同時朝外劈出一掌。

他們這掌，道行洶湧，竟夾帶滾滾海潮之聲，轟向周圍軍人部隊。

道行如海潮洶湧，激發猛烈氣流，除排長之外，數十名軍人被沖倒，有的更是直接昏了過去。

「是誰？」排長怒吼，他左右雙拳對撞，對撞時爆出刺眼火花，同時右拳一揮。「看我山川壯麗拳！」

這山川壯麗拳看似平凡，但是夾帶雄壯軍氣，竟有排山倒海之勢，撞向這群斗篷刺客。

斗篷刺客們一時間無法接招，紛紛後退。

而排長見狀，右腳跟著踹出，同時怒吼。「看我吾黨所宗踢！」

這一踢威力更勝剛才一拳，威力十足，斗篷刺客人數雖眾，卻只能再次後退。

但，當所有人如流水般往兩側退開，有一人，卻在最後顯露了出來。

她一身深紅色斗篷，體型嬌小，俏然而立，身上氣勢卻如萬里汪洋，寬闊無盡。

她以右臂為盾，竟然輕描淡寫地接住了這一「吾黨所宗踢」。

「糟。」排長見到此人如此氣勢，知道不好，急忙運起更強道行，集中於雙掌。「炎黃子孫掌！」

掌氣才剛剛湧現，排長後招已經使出，他集中道行於頭頂，直直撞了過去，正是一招「東亞稱雄錘！」。

但排長這些飽含著軍氣，見神殺神見鬼殺鬼的招式，卻完全奈何不了這身材嬌小的紅衣斗篷刺客。

她雙手穩穩交替出拳，有如一道滑潤卻堅實的水牆，聳立在她前方，不慍不火地接下排長的四大殺招。

「山川壯麗拳！吾黨所宗踢！炎黃子孫掌！東亞稱雄頭錘！」排長練的是軍拳，軍拳因為用於戰場，講究快狠必殺，堅持不走繁複路線，換句話說，就只有四招而已。

「你只有這四招啊？那換我嘍。」深紅斗篷聲音柔細，竟是女子嗓音。「一拳破。」這聲破，柔婉中帶著剛強，伴隨她右拳往前，彷彿從堅實防禦中穿出一柄尖銳長矛，穿過層層剛硬軍拳，拳心正中排長胸口。

「好拳！這拳叫什麼？」排長只來得及說出這句話，身體就已飛過半個街道，直接撞入對街的牆中。

「很抱歉，這拳名不能喊，喊了就洩漏了身分。」深紅斗篷下的面孔，嫣然一笑。「我可沒這麼傻哩。」

而一旁紅樓男子見到排長竟然敗得如此慘，他立刻轉身要跑。

但他沒跑兩步，就發現深紅斗篷竟然悄然立在他面前。

「饒……饒命……」紅樓男子嘴唇發白，「我是貴、貴、貴字門三當家，貴鬆鬆，求求妳饒我一命。」

「身為黑道，卻甘為政府走狗，本該嚴懲。」深紅斗篷舉起拳頭，「但我不想多惹事端，滾吧。」

「是，是，謝謝大俠饒命，饒……饒……納命來！」忽然，這貴鬆鬆眼神閃過一絲陰冷，同時雙手食指迸發金光，由下而上，朝深紅斗篷戳了過去。「看我點石成金指！」

「點石成金指？」

這剎那，紅色斗篷反應迅速，身體急轉，只是身體雖然避開，但她的斗篷還是被貴鬆鬆指尖碰到了，碰到之處頓時泛出金光，竟然像是石頭般沉了下去。

「對！只要被我點石成金指碰到，價格立刻翻漲，大盤操弄，中盤囤積，市場斷料，人民出現恐慌性搶購！」貴鬆鬆得意地說，「被我點過都變得超貴！哈哈哈。」

「不過，這不是真金啊。」深紅斗篷看著自己衣服那一大塊金光，看出其色澤駁雜不純。「這是假的金。」

「當然。但假金只要透過簡單操弄，就可以擁有超過真金的價格。」貴鬆鬆陰險地笑著，「你看蛋價、高麗菜價、衛生紙價，只要我手指一戳，稍微操弄一下，漲個五倍十倍都沒有問題。哈哈哈哈哈哈……啊！」

就在貴鬆鬆陰險大笑之時，忽然，一個拳頭掄了過來，精準的，暴力的，瘋狂的，把貴鬆鬆的臉直接揍凹了進去。

「你他娘的操縱物價？你他娘的點石成金！你他娘的貴鬆鬆！你他娘的蛋價上漲！」深紅斗篷發出怒吼，一拳接著一拳地揍著貴鬆鬆的臉，此刻她聲音不再高雅，而是憤怒而瘋狂。「你他娘的知不知道我們這些婆婆媽媽，整天上市場買菜多辛苦？欠扁！欠揍！」

「嗚嗚……嗚嗚嗚……」

深紅斗篷不斷揍著，直到其他斗篷伙伴再也忍不住拉住了她。

「幫主……啊，不是，是大姐，不能再打了，再打出人命啦。」

「是喔。」深紅斗篷終於停下拳頭，擦了擦手上血跡，看著躺在地上已經分不清楚哪裡是臉，那裡是屁股，宛如一塊爛泥的貴鬆鬆。「啊，抱歉啊，下手重了點，你知道我原本要放過你的，誰知道一牽扯到蛋價啦、高麗菜價啦，就失控了。」

「大姐，一牽涉到菜市場，您就失控啦，但硬幫幫的人已經被我們送走了，再待下去也危險。」其他的斗篷伙伴低聲說，「可能……」

「好，」深紅斗篷看了一眼地上的貴鬆鬆，數十公尺外被打暈的排長，還有滿地的軍人。「臭軍部，垃圾紅樓，可別小看了黑幫的團結，我們撤！」

對軍部而言，深紅斗篷源自何處仍然成謎，但類似的事件卻在這城市中接連發生了好幾起。

這些一開始來不及逃離的硬幫幫幫眾，被突如其來的神秘勢力所救。

這一頭是深紅斗篷，而另一頭救下硬幫幫幫眾的，卻是一群車子。

幾台車窗上都貼滿黑紙的汽車，轟然撞入軍部包圍的戰場，在震耳欲聾的喇叭聲與刺眼燈光中，衝入了現場，然後車子的後座車門順勢打開，把硬幫幫的幫眾拉入車內。

「混蛋！車上是誰？給我下車！」這個軍方排長，他使用的是另外一套武功。「看我毋自暴自棄刀，毋故步自封腳，光我民族劍，促進大同吼！」

只不過，車子就是車子，根本沒有下車這件事，但最後一台押陣的車子，那是拖板車的車頭，渾如一枚大型鋼砲。

它用力按下了喇叭！

要知道卡車原本所使用喇叭就與一般汽車不同，那是會在公路上讓前車駕駛驚嚇到心臟病發的暴風型喇叭。如今，這台拖板車的喇叭的音頻更強大百倍以上。

這一刻，聲音彷彿有了實體，帶動空氣如急浪瞬間往外擴散，急浪所到之處，住宅玻璃全部碎裂，更衝擊在場每個軍人的腦門，只見他們眼睛往上一翻，耳朵流血，頓時暈了過去。

不過現場仍有兩人勉強以道行抗住了這波音浪，一是軍部的副連長，一是來自黑幫的告密者，紅樓貴字門第二把交椅，貴子坑。

副連長甩了甩腦袋，試圖讓腦袋清醒，隨後從腰際拔出一刀一劍。「毋自暴自棄刀，毋故步自封腳，光我民族劍，促進大同棒棒棒！」

「什麼毋自暴自棄？這種聽了之後，會想要立正站好的招式，是有比較厲害嗎？」這台拖板車車頭發出低沉笑聲。接著它往前猛力一轉，然後油門和煞車同時踩到底，輪子因此在地面高速摩擦，噴出一整片高速出的沙雨。
沙雨不只高速，還帶著摩擦產生的高溫。
高溫高速的沙，化成一大片如同細小子彈的沙雨，朝副連長鋪天蓋地而來。
「糟糕！」副連長急忙揮動軍拳。毋自暴自棄刀！毋故步自封腳！光我民族劍！促進大同吼吼吼！
他招式雖強，但怎麼擋得住密麻如雨的火燙沙子，啪啪啪啪啪亂響過去，他全身衣服被燒得滿是小孔，且皮膚上盡是高溫燙過的紅腫水泡。
最後，他保持一手拿刀一手拿劍的姿勢，就這樣直直的倒下，看樣子短時間內是站不起來了。
喇叭聲震暈了軍人部隊，輪胎捲起的熱沙擊敗了副連長，現場剩下一個對手，紅樓貴子門的第二把交椅，貴子坑。
「我，貴子坑，不會輕易投降的。」貴子坑身形高瘦，頗有清風道骨的模樣。「看我的絕招，正是……鬼子坑火山流溫泉派陶瓷岩壁之湖心庭……」
「取這麼長的招式名字，等你唸完，對手就睡著啦！」這台拖板車油門一踩，轟隆的引擎聲中，氣勢萬千的加速，朝貴子坑正面撞來。
「等等，我還沒唸完……北投區高嶺土五指山層難停車落雨松……年輕人不可以不講武德，對我偷襲……」

「吼。」車子越衝越快，轉眼間，已經如同巨獸直逼到貴子坑前。

「落雨松露營區情人湖古老岩……啊，糟糕唸不完，唸不完招式用不出來啊！我……我投降了。」貴子坑在最後一刻，雙手抱頭，整個人自暴自棄地蹲在地上。

拖板車猛然一煞，整個車身猛烈晃動，而距離貴子坑的頭，也只剩下短短的三公分。

再三公分，拖板車的車頭就要輾壓過去。

管他什麼「鬼子坑火山流溫泉派陶瓷岩壁之湖心庭北投區高嶺土五指山層難停車落雨松露營區情人湖古老岩」這招多強？都會因為唸不完招式而讓貴子坑變成一片肉薄餅。

「黑幫就是因為無法團結，才會被政府打壓至今，就是出了你們這些吃裡扒外的敗類。」拖板車車頭一個帥氣迴轉，帶起一大片煙塵，就這樣揚長而去。

這城市的角落戰場中，只剩下躺了滿地的昏厥軍人、衣服破爛的副連長，還有嚇到全身顫抖的貴子坑。

而且這一夜，參與救援硬幫幫行動的，不單只有深紅斗篷的刺客群，和一群車窗貼著黑紙的車子……

另一群身穿深藍旗袍的婆婆，她們結成劍陣，破了軍方排長的部隊，救走身陷險境的硬幫幫幫眾。

走之前，其中一名拿著長劍的女子，她儀態雍容的轉身，留下一句：「我，滅絕師太，當年與硬幫幫有些誤會，如今看到硬幫幫竟對抗政府，我服氣了。」

另外一頭，有群持著手槍的蒙面人衝入險地，同樣救出了受困的硬幫幫幫眾，這群蒙面人低調地說：「咱們港都的人，最敬重的就是漢子。那個『寒冬雨粉』的梁子算是揭過了。」

於是，當各地的硬幫幫幫眾都順利被救回，城市在軍方強力鎮壓下迅速回歸平靜之時……

硬幫幫真正要掩護的人，終於將抵達他們的目的地。

破軍殿。

走在前方為首者，是破軍柏，他邁步而行，穿過層層政府的看守人員，由於柏平常就沉默寡言，更帶著一股難以親近的傲氣，所以政府的人員向來對他敬而遠之。

而跟在柏後面的解神女狀況則完全不同，她儀態高雅，親和力十足，又因為經常醫治政府內的傷患，所以政府人員一見到她，都含笑點頭，敬意十足。

跟在最後面的則是莫言，他手提收納袋，快步且低調而行，收納袋中便是在圖書館激戰後重傷的一干伙伴，其中更包括了琴和木狼等人。

政府人員見到莫言的臉孔陌生，原本要多加盤查，但一方面懾於柏的冷漠威勢，一方面又對解神女心懷感激，複雜心情下反而錯過盤查時機，就這樣任憑柏等人走入了政府核心區域，破軍殿。

不過，也在要踏入破軍殿之前，忽然，柏聽到背後傳來一聲陰惻惻的冷笑。

「咯咯咯咯，看看是誰回來啦。」

柏停下腳步，冷眼回看。

「是你。白無常。」

「當然是我。」站在柏面前的，是身穿白袍，臉色慘白，五官中滿是陰邪之氣的，白無常。

「有何貴幹？」柏回頭瞪著白無常，而他身後的解神女和莫言，則巧妙與低調地往後挪了幾步，躲在柏的身後。

「陰界監獄大戰，武曲率眾劫獄，我警察機關大規模掃蕩，連同軍系也派出人馬，誓言要抓住武曲，這件事你一定知道吧？」

「知道。」柏看著白無常，臉上表情絲毫不變。

「可是啊，明明警察如此挨家挨戶地搜了，甚至搜得連黑幫都快和警察打起來了，卻怎麼樣也找不到武曲，很怪，不是嗎？」白無常細長的眼睛，在柏身邊飄來飄去地打量著。

「奇怪？還好啊。」柏冷笑，「陰界警察系統是有名的愚蠢和糊塗，找不到幾個人很正常啊。你身為警察系統的領導者，難道不知道？」

「敢罵我警察糊塗？你找死啊！」白無常往前逼近，身上鎖鍊在地上拖行，發出尖銳的聲音。「我告訴你，這條追魂鍊的材料和引路索相同，能穿越陰陽，鎖住魂魄，如果那些魂魄藏在你身上，我的鎖鍊一碰就會知道……」

只見白無常身上的鎖鍊，竟像蛇一樣慢慢地爬升蠕動，開始繞過柏的身體，從腳往上繞，繞過腰部，繞過脖子。

「怎麼樣？有在我身上嗎？」

「沒有……」白無常細長的眼睛瞪著柏，同時鎖鍊又繼續往前爬行，竟繞向了解神女，解神女啊了一聲。「解神女乖乖別動，我的追魂鍊喜歡攻擊會動的東西，動了，它可就開心了，咯咯咯。」

「好噁心。」解神女皺眉，她一身醫者氣息，純淨如水，當她感受到來自這鎖鍊如血的氣味，黏膩骯髒，深沉尖銳，等於刮搔刺痛著她醫者的靈魂。

為了減低這厭惡感，解神女輕哼起了自己最熟悉的歌曲，那屬於遠古詩經中傳遞真摯情感的音符，解神曲。

關關雎鳩。

只是沒想到，這輕柔的四句歌詞，竟對這條追魂鎖起了影響，這條追魂鎖的鍊條身體，彎出了一個弧狀的波。

在河之洲。

追魂鎖又彎出了一個波，這次彈得更高，彷彿與音樂產生了感應。

窈窕淑女。

追魂鎖動作更大了，這次不再只是隆起的波，而是身體像蛇一樣滴溜溜轉了一圈。

君子好逑。

第四句，追魂鎖更是不斷轉著圈圈，隨著音樂節奏，開心地伴起舞來，而古怪的是當鎖鍊跳舞時，它原本深沉的怨恨之氣竟然隨之轉淡，鎖鍊上的血污變得明亮，鎖鍊撞擊聲從深沉變得悅耳起來。

白無常一呆，頓時明白了什麼，急忙大吼：「追魂鎖，快回來！離開那女人！」

追魂鎖動作一停，抖動兩下，似乎在掙扎，彷彿仍依戀著解神女的歌聲。

「給，我，回，來！」白無常一聲大喝，原本就如金石摩擦般的難聽的嗓音，此刻更是高亢尖銳，帶著強烈道行，眾人耳朵頓時嗡的一聲，壓住了解神女的歌聲。

而追魂鎖聽聞白無常的這聲大吼，彷彿驚醒，垮拉垮拉聲響起，迅速地退回白無常身邊。

一回到白無常身邊，原本稍微明亮的氣息，又再次回到渾濁深沉，滿是恐怖之氣。

「追魂鍊乃能穿越陰陽之物，能感應魂魄本質，解神女的歌聲是陰界第一醫術，醫治的也是魂魄本質，難怪會影響到追魂鍊。」白無常臉色陰沉，輕撫手中的追魂鍊，彷彿對著珍愛的寵物。「這追魂鍊若是被解神女的歌聲淨化了，日後可就麻煩了。」

而另一方，莫言與柏則暗暗鬆了口氣，畢竟這些被通緝的人，可全都藏在莫言的收納袋裡，追魂鍊若繼續追查下去，下一個莫言肯定就露餡了。

「看樣子，追魂鍊是啥都檢查不出來了，滾！惡鬼不擋路！」柏冷然說，「白無常。」

「追魂鍊是檢查不出什麼，但可還有我呢，嘿嘿，你背後那男人是誰？面孔挺陌生的啊。」白無常如鬼魅般飄向前，更直逼藏身在後的莫言。

莫言深吸一口氣，他將道行凝聚在雙手，準備用上三十只收納袋的巔峰之力，在此地與白無常拚命一搏。

只是此地已是政府領地，先不說白無常貴為主星，這裡還有六王魂與旗下的部隊，就算莫言能擋下白無常攻擊，又如何帶著負傷的眾人，逃離政府這塊至險之地？

但，也就在此刻，莫言卻聽到柏開口，說了一句令人費解的話。

「周娘牛肉麵，有新口味。」

「什麼？」白無常往前伸出的手，猛力一顫，停了下來。「你說什麼？」

「季節限定，老饕專屬，神秘食材，無限流作法，更重要的是，每日限定一碗。」

「季……季節限定？老饕專屬？神秘食材？而且才一碗？什麼？太過分了吧！竟然一天只提供一碗？」白無常面容扭曲，口水甚至無法控制地滴下。「這周娘的麵，我吃過一次，真的好吃到炸魂啊，那來自富士山的炎漿辣椒，口味如少女跳舞的婆娑麵……讓人日夜難忘。」

「是的，但此限量新口味不是每個人都吃得到的，就算你到周娘的店裡面也未必能吃到。」

「那怎樣才能吃到？快告訴我！不然我殺了你！」

「有句通關密語，你得去周娘的店，小聲地對老闆娘說：『這一碗是柏欠妳的，限量新口味。』」

「這一碗是『勃歉泥得』？這是啥咒語？」

「是的，這一碗是『勃歉泥得』，請記住，差一個字都不行，這是唯一能購買新口味的通關密語。」

「勃歉泥得，勃歉泥得，好了，我記住了。」白無常喃喃唸著，「勃歉泥得。」

「每日就這麼一碗喔。」柏看著白無常，俊冷的表情露出罕見的微笑。「還不快點去？」

「哼。」白無常瞪著柏，猶豫了那麼短暫的零點一秒。「我去。最好不要騙我不然就讓你死到不能再死！」

「是是是。」

白無常恐嚇完，一個轉身，順手擦去嘴邊的口水，就如同一陣陰風般，朝周娘牛肉麵的方向，高速飛去。

只是平常淒厲無聲的陰風飛行，不知道為何，這次感覺起來特別雀躍，甚至看起來像是在跳舞。

目睹白無常離去，避免了一場血戰，柏吐出口氣。「我們快走吧，政府內四處是高手，避免夜長夢多，快到破軍殿吧。」

「嗯。」莫言點頭，但突然想到什麼似的。「你說周娘牛肉麵有新口味？這事……」

「這得依靠周娘的臨場反應了，但我相信她必然能搞定的。」柏露出微笑，「只是這場再搞下去，我可能欠她的麵，會高達兩萬碗了吧？」

第二章・解神之曲

陽世。

這裡，小風與小靜兩人正在吃著晚餐，自從小風自願擔任小靜的經紀人後，共同晚餐已經是她們的習慣之一。

不過，當她們晚餐吃到一半，小風的動作卻突然像是當機般停頓。

細心的小靜頓時察覺，「小風學姐？妳還好嗎？」

「嗯還好。」小風抬頭，露出微笑，看著眼前一雙露出深切關懷的眼睛。

「小風學姐，妳最近……怎麼說……很常突然呆住，是不是身體不太舒服？」小靜語氣擔憂。

「沒事沒事。」小風露齒一笑，依然是明亮充滿魅力。「偶爾心臟跳動不規則一下，沒事的。」

「心臟？那我們去醫院看看……」

「有啊，我們公司可是每年都有完整的醫療健檢，醫生說我的心臟活蹦亂跳沒有問題。」小風微微一笑，「沒事的，別擔心。」

「小風學姐……」小靜雖然被小風的自信感染，語氣中仍帶著一絲憂愁。

「對了，妳上次網路開唱效果很不錯，趁現在網路熱度正好，所以我談了幾個案子，包括一個廣播節目，一個網路訪談，這些節目我都篩選過，主持人都是真心喜歡音樂的專業人士，不會問太八卦或無聊的問題。」小風拿著手機，展示著上面的畫面。「我等等就把這些採訪企劃書寄給妳，包括這些節目之前的連結，妳挑選一下，如果沒問題我就回覆他們。」

「小風學姐，謝謝。」小靜點頭，「我回去聽一下，我想應該沒有問題。」

「對了，宣傳歸宣傳，練歌部分沒問題吧？上次鐵姑推薦的老師，上起課來還好嗎？」

「真的很棒。」小靜露出笑容，「那位老師真的好厲害，透過她我對音樂的理解更深了，老師甚至建議我去學一種樂器，她說不用學到專精，但有助於我對音樂的體悟，可以從完全不同的角度，去感受同一首歌。」

「那真的不錯。」小風笑，「音樂可是很專業的，喜歡唱歌和能當歌手真的是兩回事。」

「我知道、蓉蓉、阿山、周壁陽，他們也都很努力啊。蓉蓉第一張專輯衝上新人榜，阿山組團也在各大節目獲得好評，壁陽啊，他的舞團還上了跨年節目。」

「沒錯，但我們不要急，走出自己的路最重要……啊，我有電話。」小風說到這，手機鈴聲響起。「是秘書路路打來的。」

小風做了一個抱歉的手勢，接起電話，低聲說起話來。

小風突然接起電話的畫面，對小靜來說是習以為常，因為她知道，小風學姐除了是她經紀人，同時也是新創公司 ZW 的執行長。

她的辦公室甚至位在城市最精華的地段，更有著一群專業的菁英團隊，替各大公司進行整併與改造。

其中這位秘書路路更是小風學姐的得力助手，她打來，必有要事。

如此菁英的小風學姐，要不是顧念著與琴學姐的交情，萬萬不會跨行到自己完全陌生的音樂界，只為了培育當時乏人問津的小靜。

一切，都是因為一份對琴的情。

每想到這裡，小靜總是心懷感激，也忍不住小小的想念著琴，此刻的她，安靜在一旁等待著，突然間，她察覺到小風學姐這次接的電話好像略有不同。

小風學姐縱然維持一貫冷靜的談吐，但有幾次，眼睛卻瞄過小靜，彷彿在確認著什麼……

直到，小風學姐掛上了電話。

小靜大眼睛不自覺地看著小風學姐，等待著小風學姐說出這通電話的內容。

「咳……妳剛剛說，妳有認真練唱歌，是嗎？」

「有！」小靜用力點頭。

「那很好，因為接下來，會需要妳好好認真地唱歌了。」

「咦？」

「那就是，」小風伸手握住了小靜的手，雖是纖細小手，卻充滿力量。「剛剛音樂公司打電話來，他們通過內部會議，要替妳製作第一張專輯了。」

要替妳製作第一張專輯了？

這剎那，小靜腦袋嗡的一聲。

我要出專輯了？從歌唱比賽至今，這漫長的時間，她等待，她練唱，她看著其他伙伴紛紛往成功邁進，她失落，她困惑，然後她遇到小風學姐，開始行銷，商演，但依然在等待……

直到今天，她終於，終於也要出專輯了嗎？

琴學姐，妳有聽到嗎？我要出專輯了耶！

「哎，別哭，幹嘛哭成這樣，妳這樣我也會哭啦。」小風手忙腳亂地遞上衛生紙。

「沒事，沒要哭，謝謝妳小風學姐，要不是妳，我真的，不知道，自己能不能……」

「可以的，在歌唱比賽中，妳的歌聲可是有如海嘯的威力呢。」小風笑著，「不過唱片公司想要在出專輯之前，先替〈給琴〉這首歌拍一部MV。」

「先拍〈給琴〉的MV？」

「是的，因為這是個網路年代，短影音的傳播率已經超過文字，超過網頁，成為最快速流通的管道，所以他們打算先推出MV。」小風眼睛注視著小靜，「我向他們爭取了相當高的主導權，因為這一部MV對我們而言，也很重要。」

「嗯。」

「這支MV的播放量，會決定妳專輯的發行量，唱片公司投入的金額，甚至是未來要投入的行銷規模，也就是說，這MV像是一場妳的人氣試煉。」小風說到這，微微一頓，然後展露了微笑。「妳的海嘯，準備好了嗎？」

妳的海嘯，準備好了嗎？

這剎那，小靜大眼睛注視著小風，嘴角微微上揚。

「我的海嘯，準備好了。」

〈給琴〉MV，敲定，正式展開。

陰界。

柏領著眾人穿越層層政府重兵，來到破軍殿，一到此處，解神女立刻找了間舒適的空房來安置眾人。

「幸好此刻破軍殿的僕人侍者不多，要避開他們的耳目並不難。」數月之前，解神女已由天機殿移居破軍殿，由於解神女具備星格，在政府內也頗有人望，因此她成為破軍殿的實質管理者。

而莫言身為神偷，自然去過不少稀奇古怪之境，竊取過不少稀世珍寶，他本身就是一個有品味的雅痞，連他一見到解神女挑選的房間，也忍不住頻頻點頭。

「這環境，挺好。」莫言目光掃過房間，「擺設簡潔，乾淨明亮，家具是黃梨木或黑檀木所製，年歲雖久，但散發暖暖馨香，光待在這房間，就對養傷有所幫助。」

「嘻嘻，莫神偷不愧是莫神偷，是懂寶物的。」解神女難得露出俏皮的笑容，「這房間平常就是專門讓人養傷的，也是特地選給你們的，被你看出來啦。」

「解神女不愧醫者父母心，莫言在此謝過。」

「那請莫神偷，快把大家放出來吧，天相岳老道行高絕，被他所傷，只怕治療不易。」

「好。」莫言點頭，右手翻出，將收納袋放在房間床上，打開袋口後，順勢把袋子往後輕巧一拉。

隨著這一拉，袋中的物體也隨之落在床上，只是神奇的是，當袋子越往後拉，裡面的物體也隨之越來越大。

原本僅有一個袋子大小的物體，最後變成佔去半張床的一個人。

長髮披肩，身形纖細修長，雙眼緊閉，正是重傷後的琴。

「解神女，正如妳所言，這次琴傷得特別重，這天相實在是怪物，技都被封印了，還能僅靠肉體攻擊將我們重傷至此。」莫言皺眉，語氣透著憂心。「以前這小妮子就算受了重傷，也依然是活蹦亂跳的，但這一次竟昏迷不醒？」

莫言說完，又依序將四個收納袋取出，一一放在床上，其餘的四個伙伴也跟著被放了出來。

左輔浪蛟、右弼木狼、忍耐人，以及小曦，其中以浪蛟跟木狼的傷勢較重，畢竟他們和琴一樣，都曾經正面與天相交鋒，而且承受不少天相的全力轟擊。

「這些傷雖重，但以我解神曲之力，應可在半月內治癒，破軍殿貴為十四殿之一，閒雜人等不會隨意進來，你們可專心養傷，不過我最擔心的，還是武曲。」

「武曲？」

「十四主星天賦異稟，道行潛質深厚，就算是被天相所傷，也不該如此昏迷，我猜測除了身體外，還有其他的傷……這恐怕是我無法治癒的。」

「其他的傷？啊。」莫言眼睛瞄到琴臉頰的淚痕，瞬間明白。「妳是說，地藏之死……」

地藏之死，那時他以僅僅一手之姿，擋下陰界至尊天相岳老，才讓柏有機會搶下重傷的眾人，逃出陰界監獄。

而地藏之手這些日子以來，都與琴的緊緊相連，兩者道行互相交流，心意更是相通，對琴而言，她就像是一個小徒弟，在陰界這凶險的旅程中，身邊有個可以全心仰賴的老爺爺師傅。

如今，老爺爺為了保護自己而死，琴又怎麼能不心痛？

「陰魂沒有實體，所以更容易受到情感波動，武曲這傷，怕是不好治。」解神女嘆氣，「療傷這段時間，除了身體的治療，也許她還需要一個心靈上的依靠。」

心靈的依靠？莫言看著琴，他有點疑惑，琴這個任性得要頂天的女孩，會有心靈導致重傷難癒的問題嗎？

之後的日子，解神女依約展開了治療，她哼唱起了解神曲。

在莫言眼中，他也明白了，為何解神曲會成為陰界第一醫術。

因為，她不只是唱歌而已……

關關雎鳩，在河之洲。窈窕淑女，君子好逑。

她會透過歌曲，先審視患者的傷勢，在歌聲環繞之下，陰界魂魄的傷勢會自動浮現，不同的傷勢甚至有著不同的模樣。

參差荇菜，左右流之。窈窕淑女，寤寐求之。

木狼身上被天相以拳頭擊中的部位，呈現烈焰般的紅色，紅色中帶著猙獰的黑色紋路。

紅是正面轟擊產生的靈魂裂痕，當裂紋已有烈焰姿態，表示殘餘能量極強，傷勢沉重。

黑色則代表道行與技所傷，而這墨黑的紋路，正是天相潛藏在拳頭裡的黑洞之力。

解神女以手輕撫傷勢，伴隨著歌聲的節奏，一會掌壓，一會指揉，又跟著以手心輕拍，沒有任何規則，一切自然而溫柔，就這樣慢慢地把紅色的烈焰逐漸壓熄。

烈焰減弱，到了最後一抹，遲遲沒有散去。

接著解神女湊近木狼泛黑的傷口，用特別莊嚴而帶著威勢的音調唱著。

求之不得，寤寐思服。悠哉悠哉，輾轉反側。

如此鋼硬的聲調，給予解神曲截然不同的況味，但依然動人悅耳，彷彿解神曲的字字句句，透過解神女小巧的雙唇溢湧而出，化成實體的小音符，咻咻咻射向木狼黑色的傷口。

黑色開始扭動。

閃爍。

撕裂。

分離。

然後，逐漸地衰弱。

衰弱。再衰弱。

直到剩下一絲瑩瑩星火。

參差荇菜，左右采之。窈窕淑女，琴瑟友之。

這時，解神女起身，她口中的解神曲依然不停，這時卻加入了舞蹈，她輕柔地以赤足踏地，雙手時而高舉，時而低拍，那是一種原始而玄妙的舞蹈，像是與天低喃，是屬於美麗巫女的祈禱。

舞蹈產生了另一種玄奇的效果，原本殘留的紅，瑩瑩的黑，竟隨著解神女的舞姿，被一點一滴地從木狼身體中拉出。

拉高，再拉高，才赫然發現，以為是丁點的紅與黑，竟然還餘留下如此多，如此巨大，有如老樹盤根般百縷千鬚，抽之不絕，滅之不盡。

參差荇菜，左右芼之。窈窕淑女，鐘鼓樂之。

一首解神曲已到尾聲，舞蹈終結，解神女再次坐回木狼前。

最後四句歌詞，她再次回到最初，沒有舞蹈，沒有撫摸，只有輕唱。

純淨，單純，專注，彷彿是為了自己而唱，為了自己獨自在某片山林中，面前是涼涼的風，背後是寬闊的大地峽谷，突然想唱，就這樣隨意唱了起來。

而這最後的歌聲雖然隨意，但對木狼身上的紅黑兩色傷痕，卻有著出乎意料的強大效果。

剛剛盤根錯節難以拔除的兩色傷痕，竟然在這隨意的歌聲中，被整個捲起，捲向解神女的周圍。

隨著解神女歌曲尾聲的低吟，紅黑兩色傷痕不斷盤繞著她，越繞越淡薄，越繞越柔軟，最後當歌聲淡淡的消散在這房間之中，傷口浮現的紅黑兩色已然消失。

「好美，」莫言看得是目不轉睛，彷彿見到寶物般眼睛發光，讚嘆道：「這首歌必須由妳唱，當妳唱這首歌，就已經是寶物等級了。」

「哪有。」解神女淺淺一笑，「被陰界第一神偷用上『寶物』兩字，實在過獎啊。」

「這首歌無傷不癒，絕對可以被稱作寶物，甚至逼近前十大寶物。」莫言衷心地說，「這樣木狼就被治好了嗎？」

「還沒呢。」解神女搖了搖頭，「天相之拳拳勁中帶著更深的暗勁，一層一層打入木狼身軀，大概還要七日才能完全根除。」

「木狼是七日，那其他人……？」

「浪蛟傷勢與木狼相近，都是七日可成，忍耐人雖然傷得重，但因為他並不如前兩位星級高，傷後反而好治，約莫兩日，小曦雖然也帶傷，但天相似乎對他手下留情，只要一日，而柏……」

「柏是破軍主星，他應該也要很久？」

「他倒還好。」解神女說到這，臉上莫名地閃過一絲微紅。

「咦？」

「因為我曾多次為他療傷，對他的身體無比熟悉，所以他也是七日就能治癒。」

「喔。」莫言單邊嘴角揚起，這是他神偷的邪笑。

「別亂想！」解神女臉又更紅了，「還有你，你也要治病勒。」

「我？」

「你與天相交過手，也受傷了，你自己沒察覺？」

「對。」莫言一愣，啟動道行在周身轉了一圈，確實有幾處運行不順。「只是我被他一招擊敗，接著被紫羅蘭所擒，再之後就沒啥印象了。」

「天相此刻道行之強，已經不遜於當年的地藏，不過他和地藏的特性完全相反，地藏如日當空，招招光明正大，天相闇若深淵，步步都預留陰手，所以被天相所傷，就算當下不死，傷勢也會如附骨之蛆，傷其體魄。」

「這麼糟？」莫言看了看自己，「不過妳也有趣，我以為妳不愛說話？怎麼說起醫術，話就多起來？」

「只要說到醫術，我話很多啊。」解神女嘻嘻一笑，此刻的她不再只是那古典溫柔的模樣，反而有些俏皮模樣。「那你不想知道，自己要治幾天？」

「對啊，幾天？我和木狼、浪蛟都是甲級星，我們是一樣厲害的人，可能也是七天吧。」

「你把自己瞧太高了吧，你只要一天。」

「什麼？」

「你是一招就被擊敗，木狼和浪蛟可是硬扛了天相好幾輪哩。」解神女微笑，「你的傷和他們沒得比啦。」

「一招就被擊敗？等等……妳是在說我扛不住嗎？」莫言聲音已經上揚，突然有種奇妙的熟悉感，為什麼和解神女說話，和琴說話一樣，都會讓他失去冷靜啊，不過，失去冷靜的感覺不太一樣，莫言也說不上來……

「我可沒說，嘻嘻。」解神女笑嘻嘻地說，「你是神偷，偷遍大江南北，無寶不歡，享有盛名，連我久居深宮都聽過你的大名，你扛不扛得住這件事，我可不敢說。」

「我怎麼聽來聽去，都覺得妳在罵我扛不住啊？」莫言吸了一口氣，「真要說，最能扛的應該是我們家幫主琴吧？至少他比破軍更扛啊。」

「琴與柏啊……」提到這兩人，解神女表情閃過一絲複雜。「尤其是琴，她恐怕是眾人之中，最難治的。」

「難治……」

「既有外傷，更有心傷。」解神女看著依舊沉睡的琴，「想救治她，只有我恐怕力有未逮。」

「那怎麼辦？」

「還需要一人陪伴。」解神女看著莫言，「而那人，必須在琴內心極為重要，足以填補失去地藏後的心靈重創。」

莫言沒有說話，只是看著琴。

說了半天，就是在說琴的心靈依靠嘛，唉，整個陰界，肯定非我莫言莫屬啦。

只是，當莫言與解神女談到這裡時，卻不知道門外有一人，帶著大狗，原本已要進入，卻因為這段話而停頓了腳步。

他正是柏，破軍殿的主人。

他也開始了沉思，內容甚至與莫言有幾分詭異的雷同。

琴的心靈依靠？嗯，也許我該出手，畢竟我和她在陽世有一番回憶啊。

這一晚，就在莫言與柏各自帶著相似的心思中，悠揚悅耳的解神曲再次響起，解神女開始了這治療武曲琴，難上加難的療程。

琴的這場治療，不只紅黑兩色傷痕，還多了深到詭異的墨綠色，綠色中帶著幾絲令人不舒服的紅與橙。

這是毒。

毒的傷，多以綠色為底，越是深綠越是劇烈可怕，其中若混了其他幾色，表示下毒者手段巧妙高明。

而琴中的毒確實是高人所下，因為其綠可說是精采紛呈，淺綠深綠墨綠竹綠青綠盤桓交錯應有盡有，而琴雖然靠著自身清除了大部分的毒，但毒根仍留在她體內，全仗琴武曲的天命，硬是壓抑下來。

如此高明的毒，莫言不用想也知道是誰下的，當然是陰界第一美女兼第一毒手，道幫的鈴。

琴和鈴交手過好幾次，只是不知道是哪次中毒留下的毒根。

除了綠色，琴的傷還有冷冽的藍，這藍透出濃烈寒氣，有如古穴下的千年玄冰，光在一旁看著就覺得冷。

按照解神女所言，藍色多是本命傷，算是極為少見的傷，琴的本命是武曲，已經是十四主星之一，也許出現了能替代她武曲的特殊命格，而這特殊命格可能以冰為攻擊手段。

解神女說她學成解神曲後治病多年，看過本命傷不到三次，也是靠著天機叔叔解釋，才知道這是什麼？

莫言看著帶冰的藍色本命傷，他一下就猜出下手的人，肯定是甲級化忌星霜。

她要與琴搶奪主星武曲本命，一手七色冰箭威力更勝琴的電箭，最重要的是，她心狠手辣，下手無情，這本命傷應該就是她的傑作。

不過，看過了紅的傷、黑的傷、綠的傷，以及藍的傷，最後讓莫言感到心驚的，卻是白的傷。

白的傷，像是一層薄薄的雪，覆蓋著琴的身體表面。

若不是莫言眼神銳利，還不會見到這層幾乎透明的白傷，白傷很淡，若有似無，乍看之下一切如常，實則存在於琴身體周圍，琴的每一次呼吸，都會牽動這層白霧。

飄忽的，淺淡的，卻又如此深刻且固執的，包圍著琴。

看著琴的白傷，就連莫言這樣專幹大事的豪傑，竟都莫名地有了流淚的衝動。

「這啥？」莫言意識到自己的心靈竟然開始因白傷而脆弱，急忙收斂心神。「這傷，怎麼會連我都被影響到？」

「心傷其色成白，是我遇過所有的傷中，最難治的一種。」解神女停下了歌唱，輕柔地撫摸著琴的長髮。「心傷滲入了她的體內，會化成淺淺白氣包圍著她，一般人是不會發現的，但若你在意她，將她放在心裡，這道白傷就會牽動到你。」

「在意她？我，我才沒……沒有。」莫言慌張，急忙澄清。

「外表會騙人，技能可以耍詐，但心傷不會。」解神女搖了搖頭，臉上露出一抹複雜的微笑，彷彿想起了某人。「不過，要解心傷，正需要像你這樣的人。」

「我……」

「對，當我開始治療心傷時，請你握住琴的手。」

「好。」莫言看著躺在床上的琴，她纖細的手掌，向來冷靜的莫言，下意識地吞了一下口水，然後為了掩飾內心的不安，莫言格外用力地抓著了琴的手，抓得手上青筋都已經浮現。

「神偷啊，你這種握法，等等我可能還得再額外治療琴手傷。」解神女看了一眼莫言，眼中帶笑。

「哈，是嗎？抱歉抱歉，想必是我功夫太高，太能扛，反而力道控制不好，哈哈。」莫言乾笑兩聲，同時力氣放輕，就這樣不輕不重地帶著琴的手。

此刻，解神曲悠揚的音符，再次被唱起。

關關雎鳩，在河之洲。窈窕淑女，君子好逑。

同時間莫言訝異地發現，明明同樣是療傷，唱者同樣是解神女，歌詞也完全一模一樣，但在患者是琴時，整首歌聽來卻完全不同。

對應著琴的傷勢，歌曲婉轉處變得更加輕柔，高昂處更加充滿魄力，彷彿琴身上的傷，是一個更加複雜多變的棋局，要用更細膩的方式破解與處理。

紅色的傷，黑色的傷，綠色的傷，藍色的傷，都在吟唱的歌聲中，緩緩消失與治癒，唯獨白色的薄冰，始終覆蓋在琴的身上，不散也不轉淡地存在著。

「果然傷得很深啊。」解神女嘆氣，目光看向了莫言。「你準備好了嗎？」

「準備好……咦，準備什麼？」莫言一愣。

忽然，他感到握住琴的手一涼，一股涼寒之氣，竟然透過琴的手傳了過來。

這樣的涼，不是瞬間的極冷，卻帶一股悲愴的氣息。竟是深秋的感覺，這瞬間，莫言明白了，這股涼意，是悲傷。

而這一刻，莫言看見了琴還是陽世孩子時，蹲在自家三合院的門口，摸著她最好的玩伴狗狗，問著爸爸。「爸爸，阿黃，為什麼不動？為什麼不動了？」

爸爸沒有回答，只是摸著琴的頭。

爸爸粗粗的手，原來是悲傷。

莫言看見了琴離開鄉下，自己一人考上城市的高中，她受邀去參加一個班上最受歡迎女同學的生日宴會，但整個晚上，沒有一個人和琴講一句話，琴四處走動，試圖參與每個團體，卻被每個人當成空氣，最後她找到角落坐下，拿著一杯柳橙汁，獨自過了一個晚上。

從那時候起，琴就努力相信，只有自己才能讓自己很酷。

那杯柳橙汁，原來也是悲傷。

大學時，琴遇見了一個名叫小風的女孩，兩人意氣相投，小風常騎著摩托車載琴四處探險，兩個年輕女生，常有男孩來搭訕和示好，她們理都不理，過得逍遙自在，可是，某次她們卻摔車了。

琴僅受到輕傷，反倒是騎車的小風，竟然為了保護琴，重傷躺進了加護病房，那一晚，琴一個人坐在門口，等了整整一個晚上。

整晚，琴的眼睛始終沒有從急診室的燈號上移開，這個晚上，好長好長。

原來，那亮起的「手術中」，也是悲傷。

後來琴遇見了某個男孩，這男孩酷帥的外型並沒有吸引到琴，但男孩眼神中透露的脆弱，卻讓琴覺得很熟悉，像是見到了等待許久的老友。

琴想靠近他，理解他，一如琴想理解自己。

琴後來知道，原來這男孩是因為學妹小靜而來，於是琴悄然退後，收回了自己的好奇。

幾日後，琴偶然知道了那男孩的名字，柏。

每當想起那男孩的眼睛，琴隱隱明白，這是悲傷。

看似平淡的風景，一幕幕流過莫言的腦海，明明隱晦又平凡，莫言卻莫名地感到胸腔緊澀，彷彿這些情緒也牽動著自己。

莫言，想到了自己。

與橫財稱兄道弟縱橫陰界的日子，黑幫被擊潰的日子，他潛伏在暗處的日子，明明有著一身驚人武藝，卻只能如蟲蟻般藏身於老樹樹根的日子。

不知不覺，來自琴身體的這股涼意，也滲入莫言體內，讓他半個身體也被白霧籠罩，兩人一同陷在悲傷之中，但奇妙的是，當莫言確實與琴的悲傷互相交流時，白霧竟變得稀薄起來。

就在這時，莫言聽到了解神女溫婉的嗓音。「心傷，是最難治的一種傷，只有一帖溫和良藥『同理』能化解，莫言，因為你能同理琴，所以這個傷，因你而減緩了。」

我能同理琴嗎？莫言聽懂了。

因為他與琴共同在陰界走跳的歲月，讓他同理了琴，他在身邊，琴的心傷就能減弱。

「不過，只有一半。」解神女歪著頭，「莫言你雖然對琴確實有助益，但只能化解她一半的心傷，另外一半該怎麼辦呢？」

就在這靜默的瞬間，一道低沉的男子聲音，從門外傳了進來。

「那，如果是由我來呢？」

「哼！」「啊！」

古怪的是，聽到這男子的聲音，解神女與莫言竟然有截然不同的反應。

哼！莫言的聲音從鼻腔發出，是帶著一點不屑、一點憤怒，甚至混著一點嫉妒的聲音。

啊！解神女朱唇輕啟，這是一個下意識的聲音，透露著吃驚、疑惑，卻又明瞭一切的惆悵。

此時此刻，走進房間的男人，正是柏。

「我來試試。」柏英氣不減，他坐在琴的另一側，捲起袖子。「解神女，我也是握住琴的手嗎？」

「是。」解神女聲音中帶著難以察覺的一絲落寞。

「那來吧。」柏似乎完全沒察覺這抹落寞，深深注視琴一眼之後，伸手，握住了她的另外一隻手。

就這樣，時間彷彿又再次停止。

同理。

傾聽，心跳脈動漸漸接近，直到合而為一。

地藏之手，陪伴著琴的日子，對她而言就像是有了一位親密的長輩跟隨，在這段充滿危險的陰界旅途，琴的心有了依靠。

而這次劫獄，卻完全中了天相的陷阱，就算最後一刻，因為小靜的歌聲，讓所有人的技都失效，但仍然無人是天相的對手。

最後，地藏之手挺身而出，千年歲月，在黑暗中化成一道明亮之光，擊向天相，阻擋了天相，也讓琴等人可以逃出生天。

這一場景，柏也同在現場，他完全能領會。

只是他沒想過，竟會傷琴的心，傷得這麼深，也許，這就是琴，比誰都任性，但比誰都講信重義。

當攀炎附勢的黑幫，如紅樓或道幫，正成為陰界主流的此時此刻，那幾乎被遺忘的古老純正的黑幫精神，仍完完整整保留在這女孩的身上。

同理之心。

柏握著琴的手，不自覺地用力了，這是一種認真的情感，他欣賞琴，所以願意與她共同分享心傷。

象徵心傷的白霧，完全籠罩了琴、柏與莫言三人。

而房間中，依然繚繞的，是來自解神女悅耳又撫慰人心的歌聲。

關關雎鳩，在河之洲。窈窕淑女，君子好逑。參差荇菜，左右流之。窈窕淑女，寤寐求之。求之不得，寤寐思服。悠哉悠哉，輾轉反側。參差荇菜，左右采之。窈窕淑女，琴瑟友之。參差荇菜，左右芼之。窈窕淑女，鐘鼓樂之。

一遍一遍，一聲一聲，悠悠蕩蕩，直到夜幕低垂。

然後，轉眼間，已是第二天天明。

懶腰。「哈。」琴醒了，她起身，然後將雙手舉到最大，用力，再用力，伸了一個超大的懶腰。「睡得好熟啊。」

然後當她懶腰伸到極致，往左右看去。「咦？你們怎麼搞的，怎麼在我旁邊睡成一片啊？」

「喂！莫言！你幹嘛趴在我床邊睡覺？這樣睡不舒服啦，回去自己的床睡啦！」她正打算伸腳踹莫言，但她的腳卻在一半停住了。

「咦，他臉上怎麼有水的痕跡，難道他哭過？」她好訝異，「莫言這傢伙堪稱鐵石心腸，最喜歡欺負我了，怎麼會哭？不可能不可能，一定是睡覺時流口水沾到臉了。」

下一秒，她轉頭，這次她看到另外一側也有人趴在她床沿。

「等等，這是誰？這是柏嗎？」她下意識地再次伸起腳，而且幾乎要踹下去了，那是離柏臉龐只有零點零一公分的距離，若不是她練「電偶」多年，能自在掌握腳部肌肉，這腳可能已經把柏送到了房間的天花板，變成吊燈的一部分了。

但讓她止腳的，是相似的發現，過往柏的五官總是英挺中帶著冷酷，如今因熟睡而添上柔和，加上臉頰同樣沾著幾絲水痕，將整個人的氣質帶入另一個層次。

「嘖嘖，要不是老娘見多識廣，百毒不侵，不然帥哥睡臉加上淚痕，不知道能勾引多少無知的少女。」她低頭欣賞了一會，搖了搖頭。「這太犯規了，不過，該踹還是得踹。」

說完，她再次舉腳，同時大喊。「你們兩個笨蛋，在我床上幹嘛！」

琴，她就是琴，她雙腳同時用力一蹬，當然毫不客氣地帶上電力，同時踹向了身邊兩個男人。

但畢竟是一位主星一位甲級星，就在要踹中的那刻，他們同時因為危險的逼近而清醒過來。

「幹嘛？」莫言一睜眼，就看見一隻纖細的腳掌朝自己猛速撞來，他大驚，急忙叫出收納袋，同時間腳掌已經踩上收納袋，電能炸裂，一片混亂，莫言同時在床上急轉，避開琴的這一腳。

「哇勒，恩將仇報？」另一頭是柏，他同樣面對一睜眼就是一隻腳掌飛來的窘境，他沒有收納袋可以保護自己，只能叫出自己最拿手的，風。

風球在腳掌前爆開，捲起狂風，吹得琴長髮散亂，琴的腳被風吹開，但琴可是電的支配者，電能自然催動，將風給壓了回去。

一風一電兩大無形的自然現象，在小小的床上爭奪地盤，柏一邊閃躲琴踹過來的腳，一邊操縱風回擊著琴。

同時間，還有收納袋在其中穿梭。

收納袋有如躲避高空中暴風與雷電的飛機，驚險翱翔，這表示莫言正在床上掙扎，在琴的亂踢與柏的回擊下，莫言也撐著不想掉下床。

「別亂踢啦！」「誰叫你們爬上我的床，下去下去下去！」「我是照顧妳好嗎？笨蛋女孩。」「我是女生耶，照顧到床上？你們有病喔。」「女生？我怎麼完全沒感覺到妳是女生？」「討厭！下去啦！雷霆萬丈腳！」

一片混亂中，電能暴衝，在床上四面八方亂撞，而風則在床上形成一個個的龍捲風，棉被亂捲，混著電能，但在電與風之間，還有收納袋的飛機奮力翱翔。

這一刻，小小的雙人大床上，三大高手打成一團，還有不時傳來小孩般的吵架聲。

「雷霆萬丈腳？我的是狂風大作拳！」「你們風和電打架，不要打到我！」「那你下床啊！」「不行，事關神偷尊嚴，絕不下床。」「不下床也是一種神偷尊嚴？你很無聊耶，讓我繼續踹，踹下你的神偷尊嚴。」「繼續用風擋擋擋擋！踹不到！踹不到！啦啦！」「絕對不下床，嘿嘿，我是無所不能的神偷。」「笨蛋，兩個臭男生，下去啦！哈哈哈！」

小小的床上，三大高手混戰，各逞神通，打到後來，罵聲混著笑聲，有如三個孩童在床上蹦跳著，大打枕頭戰。

就在三個人在床上打得一片混亂，忽然，房間門被嘎的一聲推開。

「咦，你們在幹嘛？」

進來的人外表高雅端莊，正端著一碗熱粥，她不是別人，正是陰界第一醫者，解神女。

而一聽到她的聲音，床上正與棉被床單扭成一團的三人，動作如被按下暫停鍵般瞬間停住。

「嗨，解神女。」床上冒出一張長髮散亂的女孩臉孔，她露出有著虎牙的可愛笑容。「妳怎麼在這？我們之中有人生病了嗎？」

「是啊。」解神女看著琴，露出了微笑。「有人中了心傷，傷得頗重，我找人來幫忙一起治療。」

「是喔？」琴聽得一知半解。

同時間，兩位男子已經趁著琴與解神女對話時，悄悄從床上離開，快速整理了儀容，再度回復原本冷酷與高傲的形象。

不過，這兩男子狼狽的模樣，當然被解神女看在眼裡。她抿起嘴巴強忍笑意。「不過，看樣子，心傷好多了。」

「怎說？」

「心傷是一種成長過程裡不斷累積的傷口，藉此讓人們學會教訓，迴避錯誤，但一次心傷得太重，會使人崩潰甚至是死亡，當能夠回到孩童時期，逆回成長，就算只是短暫的幾分鐘，都能讓心傷得到暫時喘息，慢慢痊癒。」

「所以，只要成長，就會有心傷。」琴歪著頭。

「嗯，或者說，因為心傷，才能成長。」解神女微笑。

「若找回初心，便能慢慢痊癒。」

「正是如此。」

聽到解神女和琴的對話，柏與莫言互望一眼，確實，在剛剛短暫的床上混戰時，彷彿回到孩童時期，他們內心也是罕見的輕鬆。

什麼一統陰界，什麼鬼盜神偷，什麼易主廝殺，什麼天下至寶，什麼天相殺陣，什麼政府黑幫，嘿，在那短短一瞬，彷彿都變得不再重要。

這就是初心啊。

原來，當他們聯手治療了琴的心傷，也回頭治療了自己嗎？

「嗯，我真覺得好多了。」琴從床上起身，深深吸了一口氣。

這些傷，並不是過去了，只是化為成長的養分。

「聽到患者說自己好多了，對醫者而言，是莫大的鼓勵，不過接下來妳還是得再待一個月，畢竟妳體內許多傷都深入肺腑，我得幫妳慢慢調養。」解神女放下熱粥。「先把這碗熱粥吃了吧，這可是以豐富能量食物加上我解神曲調製而成。」

「謝謝解神女，哇，好香啊。」琴湊近了熱粥，濃郁的食物香氣頓時撲鼻而來，她同時發現她左右兩側射來兩道羨慕的眼光。「不行，柏，莫言，沒你們的份，這是我的！」

琴一邊沉浸在幸福的熱粥香氣中，一邊想著。

要一個月嗎？也好，她也得好好想想下一步，那場悲傷慘烈的蘭陵監獄六樓之戰，最後開花者奮力擋下天相一擊，所傳遞的那句話。

「第五食材，在陽世。」

陽世？這不是另外一個世界嗎？陰界食材如何被收藏於陽世？收藏於何處？她又該如何跨越陰陽，取得第五食材？

然後，她吃下了一口粥，接著，在兩道羨慕的眼光中，她忍不住大叫。

「好好吃啊，你們兩個吃不到，啦啦啦。」

第三章・龍脊與狼鍘

陽世。

小靜唱片合約談妥後，開始了緊鑼密鼓的籌備工作，小風又再一次證明自己的手腕，她雖對唱片產業不熟悉，卻依然能靠著她卓越的人脈與奇特的說服力，一次又一次打通關卡，完成不可能的任務。

而另外一頭，小靜表現也同樣優異，十首歌，她快速吸收與轉化，在錄音室僅僅唱了四、五次，就讓製作人強哥和鐵姑拍板定案。

「小靜的歌聲很特別，」強哥放下耳機，彷彿還陶醉在剛剛的旋律之中。「每首歌只要被她一唱，都會變成她的歌。」

「沒錯，這首〈夏日梔子花〉被她一唱，變成了『夏日梔子花海』，簡單的旋律變成如浪潮般震撼的歌曲了。」鐵姑笑著，「你這原創者，真的可以接受？」

「當然，她啊，可是我最欣賞的實驗體。」

「用實驗體形容她？哇，你科學怪人啊。」

「呵呵，妳說我是科學怪人？我同意。」強哥說，「但我真的很期待，每一首歌，每一種型態，無論是快歌慢歌，激昂的冷漠的，古典的新潮的，浪漫的飆高的，讓這女孩唱以後的樣子。」

「喔？」

「她的聲音，她的唱腔，她的意念，會重新賦予這些歌新的生命，蛻變成更特別的歌。」強哥將耳機放在一邊的耳朵，捨不得放下般地聽著。「更正確來說，是給這些歌，力量。」

「力量，哈哈。」鐵姑大笑起來，「你真的很欣賞她啊。」

「我也很欣賞妳啊，當年我們踏入歌壇，都是菜鳥的時候，我一聽妳唱歌，內心就忍不住大叫：『我的媽啊，妳這女孩子會紅！』」強哥笑著。

「我是不否認我很紅啦，哈哈。」鐵姑再次爽朗地大笑，「不過時代不同嘍，純音樂在這市場不好混了，現在是影像為王的年代了，你這伯樂，要怎麼行銷小靜這匹千里馬？要怎麼把她『力量』傳遞出來？」

「關於行銷，這件事從來不用我擔心啊。」強哥轉過頭，看向錄音室角落裡的另外一個女孩。

這女孩正透過玻璃，專注地看著錄音的小靜，這女孩留著不長不短的及肩頭髮，穿著簡單俐落的細條紋襯衫，背脊挺直卻姿態怡然，一股自然而然的英氣從她身上散發出來。

然後，她像是感應到什麼，往牛仔褲口袋一掏，拿出了手機。

「喂。我是，我是小風。」小風聲音溫和，卻透著一股魅力。「那位新銳導演願意拍這 MV 嗎？妳說，他原本不願，但聽完小靜的歌，就立刻同意拍攝了。」

小風嘴角輕輕揚起，不論是誰，只要聽過小靜全力歌唱，都會願意替她拍攝吧？當然，前提是這位導演是勇於挑戰，是敢於回應「那股力量」的導演。

「好，那就約好嘍，明天下午，在某某咖啡館。」

掛上手機，小風再次抬頭看向錄音室裡頭正賣力哼唱著歌曲的小靜，小風微笑了。

「準備錄製影片了。」小風自信微笑，「新的海嘯，將再次升起。」

小風自言自語的同時，卻沒有看見強哥和鐵姑正露出敬佩的眼神低語著。

「看，我沒說錯吧。」強哥笑著，「只要有她，就不怕千里馬賣不出去，啊不，我看這匹千里馬，就快被她弄得飛起來了啊。」

陰界。

琴與伙伴在解神女的照顧下，身體迅速復原，其中五暗星中的怒槍紳士、小蠍、墓，以及罪武宗由於並未與天相直接交手，身體康復得很快，而且因為他們記掛著硬幫幫的幫務，故僅僅兩週，就來和琴辭行。

「之前為了掩護我們幾個人，硬幫幫全體動員，雖然在其他眾多黑幫的幫忙下，硬幫幫無人被擒，但就怕之後政府會多方為難。」衰過頭小蠍說，「雖說有陰沉少女在，硬幫幫運作沒問題，但若真的有人欺負過來，怕她一個人頂不住，我們先回去幫幫她。」

「好的，只有你們幾個回去夠嗎？還是我也——」

「別別別，琴姐妳不在，硬幫幫反而會運作得更順利……」衰過頭小蠍笑嘻嘻地說。

「那就好……等等！你剛是啥意思？你說我不在，反而會運作得更順利？」

「啊，我不小心把真心話說出來了嗎？」小蠍急忙摀住嘴巴，轉身就要跑。

「給我說清楚！為什麼沒我會更順利？」

「因為琴姐的創意太恐怖啦，『有何不送』？『硬闖蘭陵監獄』？大夥沒有幾條命可以這樣玩啦。」小蠍一邊拎起行李，一邊跑向門口。

「什麼叫做創意太恐怖？不准跑，給我說清楚啦！」琴跟著追上，當她追到門口，卻發現門口已經站著肌肉棒子罪武宗、紫色霧氣墓，甚至是鮮少露面的怒槍紳士。

當小蠍跑入了他們之中，四個人整齊排成一排，一起站定，然後對琴用力一鞠躬。

「啊？你們幹嘛？」琴一愣，放緩了腳步。

「謝謝琴姐！」四人低著頭，聲音懇切。

「幹嘛？幹嘛謝我？你們發神經喔。」

「謝謝琴姐創立硬幫幫，讓我們五暗星，不，上百名在陰界中落魄不知所終的魂魄，有了歸屬。」四個人大聲地說，「也請琴姐好好養傷，我們連同陰沉少女，這段時間一定會把硬幫幫照顧好，等待琴姐歸來。」

我們會把硬幫幫照顧好，等待琴姐歸來。

這瞬間，琴竟然覺得自己眼眶有點熱，「媽啦，你們走就走，搞得這麼感人幹嘛啦，好啦好啦，我好好養傷，不回去蹚渾水就是了。」

「琴姐請多照顧自己。」

「嗯嗯，你們也小心。」

當琴感動點頭之際，忽然，她感覺到自己的肩膀被人輕輕靠住，這身高與觸感，琴不用猜也知道是誰？

「莫言，如果是屁話，就不要說了。」琴昂著頭，壓抑著眼角的淚水。「我現在有一點點的感動。」

「嘿嘿，好吧，放妳一馬。」莫言一笑，「那我換個方式說，怎麼樣？這就是陰界的黑幫，熱血真誠，喜歡嗎？」

「不賴。」琴用指尖擦過眼角，「就是野蠻了點。」

「還敢說，這裡最野蠻的人，好像就是妳了。」

「你亂說！」

「嘿。」

當琴與莫言目送五暗星離開之後，莫言露出淡淡微笑。

「琴啊，妳說自己要養傷，也不盡然，是吧？」

「嗯。」琴依然看著五暗星的方向。

「妳讓他們離開，是怕連累到他們吧？」

「嗯。」琴轉頭，看向比自己高上半顆頭的莫言。「你都猜到啦。」

「妳這小女孩，心眼就這麼一丁點，怎麼可能躲過我的眼睛。」莫言淡淡地笑，「妳接下來又打算要幹什麼大事了？」

「我啊。」琴捲起了衣袖，雙手扠腰。「我要去找第五食材了。」

「第五食材？高麗菜、橄欖油、米飯、豬肉，以及始終沒有蹤跡的第五食材，有線索了嗎？」莫言一驚。

「對，在蘭陵監獄的六樓，最後開花者擋住了天相一擊，讓我們離開，而他悄悄說的事情，就是『蛋在陽世』。」

「陽世？陽世啊……」聽到這兩個字，連向來冷靜驕傲的莫言，都露出慎重的表情。「陽世與陰界雖然共用一個世界，但其實壁壘分明，我們無法輕易跨過陽世的門，這是難點一。」

「對，這是大問題，我們要如何進入陽世？」

「不只如此！還有難點二，」莫言繼續說道，身為盜寶專家遍行天下的他，深知在汪洋般陽世找寶物的難度。「『蛋』在陽世究竟以什麼樣的型態存在？難道真的是一顆雞蛋？混在一籠一籠的水洗蛋中？那豈不是早就被吃掉了？所以，蛋究竟以什麼型態藏著，這也是問題。」

「對，這是難點二，糟糕，我們也不知道蛋藏在陽世的哪？」

「難點三，此時妳可是政府頭號通緝犯，還劫了囚，整個政府包括道幫與紅樓都在追殺武曲琴，妳要找蛋，只能偷偷摸摸，無法利用任何人脈或公告天下等手法，這讓機會渺茫到幾乎是零。」

「唉啊，難點三也挺棘手的。」

「這麼棘手的三個難點，妳該怎麼開始？」莫言看著琴，搖了搖頭。

「開始倒是不難。」琴揚起頭，露出小虎牙，嘻嘻一笑。「我已經想到辦法了。」

「喔？」莫言看著琴的笑容，雖然可愛，但卻讓他莫名地戰慄一下。「妳、妳打算幹什麼？」

「我打算從這裡開始，」琴從懷中一掏，掏出了一個銀亮的小物品，這物品外型呈流線，更神奇的是，就算沒有風，仍隱隱地搖曳出旋律。

「這是？」

「記憶風鈴。」琴微笑，「記憶風鈴就是每個陰魂從陰界投胎到陽世前，儲存記憶的神器，找到它的管理者，一定就有從陰界到陽世的辦法。」

「找到它的管理者……」莫言眉毛揚起，「妳要找六王魂中的天同星，孟婆？」

「正是，不愧是莫言，好聰明啊。」琴微笑，「既然已經身在政府內部，怎能不去拜訪一下……陽世之門的管理者，孟婆呢？」

打定主意要前去天同殿後，琴將此事告訴柏等人，畢竟柏曾甘冒奇險將琴等人從蘭陵監獄救出，琴總不能不告而別。

但這一計畫，卻意外地被解神女反對。

「妳的傷還沒全好呢。」解神女伸出手，一邊哼著歌，一邊用掌心感應著歌曲旋律碰觸到琴身體時的回饋。「再待一會吧。」

「傷沒好也沒關係，我覺得自己已經沒有問題了。」

「如果妳要去陽世，必然要穿過漫長的通道，若靈魂有傷，會讓妳支離破碎的。」解神女溫柔地說。

「妳懂如何去陽世？」

「不懂。」

「那妳為何這樣說？」琴不解。

「是歌告訴我的。」解神女說。

「歌？」

「這首，〈關關雎鳩〉。」解神女淡淡地笑，笑容中竟有幾分神秘。「它說，妳不該帶傷前行，會帶更重的傷歸來。」

「唉呦，真的聽不懂。」

「嘻，妳啊，一定不知道解神曲為何叫做〈關關雎鳩〉吧？它可是很喜歡妳喔。」解神女唱著，唱著，突然，琴看見了。

解神女的背後，竟然出現了一隻半透明的鳥，黑白兩色，頭上有冠，身形如小鷹。看見這隻鳥，琴沒反應過來，反而是莫言發出無比驚喜的聲音。

「陰獸排行第十四，是接近十二陰獸等級的陰獸，牠竟然一直在這裡？牠棲息在妳的歌裡嗎？」

「是的，天機叔叔有說，十二陰獸縱然強大，但能力都是破壞反而不擅長治癒，而關關雎鳩即使不算強大，但擁有珍貴稀少的治癒能力，所以才將其排入了陰獸榜十四。」解神女淺淺地笑，「這一路治療下來，牠很喜歡武曲，所以牠和我說，一定得要把妳治好，才能讓妳去陽世。」

「很喜歡我？」

「因為妳的本命獸，也是禽類，更是鳥類之王。」解神女歪著頭，「牠是這樣說的。」

「我有本命獸？」琴眼睛看向一旁的柏，「就像是破軍和嘯風犬一樣嗎？」

「對。」解神女點頭。「犬與風相依存，而妳的獸……應該和雷有關？也是牠說的。」

「哇，既是雷，也是鳥？」琴閉上眼，莫名的，她感受一股強烈的熟悉與溫暖。

在她記憶中，確實有一道美麗的影子，伸展著大大的翅膀，沐浴在電光之中，正帶著她在空中翱翔。

「沒錯，牠說群獸之中，妳與鳥形陰獸特別有緣，也是受到妳本命獸的影響。」解神女說。

「鳥形陰獸？」琴啊的一聲，「陸行鳥阿勝嗎？」

「牠說得對，陸形鳥是陸地上速度最快的鳥形陰獸，故也一樣與妳有緣。」解神女說，「牠希望妳再多留一會，必須等到靈魂完全康復，免得這趟陽世之行傷及本體。」

「那要待多久呢？」

「解神曲的力量與關關雎鳩的喜惡有關，牠既然如此喜歡妳，原本三十日的治療，二十天內就會完成。」

「真的變快了，謝謝。」琴深吸一口氣，「那我就多待十天，十天後再展開探訪旅程。」

「好的。」解神女對著肩膀上的關關雎鳩伸出手，而關關雎鳩則以牠的喙輕輕點著解神女的手掌，像是回應解神女的疼愛。

琴看著關關雎鳩與解神女親暱的樣子，一股熟悉感再次湧上心頭，是啊，她是不是也曾有一隻鳥形陰獸，和自己如此親暱？

那隻鳥形陰獸如今究竟在哪呢？若牠對武曲如此重要，這趟搜尋食材之旅，牠是否會出現呢？

這十日之中，又有另外一件事發生。

這天清晨，琴原本正在熟睡，忽然她雙眼睜開，從床上陡然坐起，這是什麼？遠方有一股在空氣中快速流動的道行，這是道行衝擊嗎？

在這破軍殿，有人以強大的道行互相壓迫與傾軋嗎？

「我怎麼會感覺到這種東西？唉，自己真的越來越適應陰界哩。」琴起身，開始順著這股震盪衝擊，尋找來源。

她踏入破軍殿深處，這破軍殿佔地數百坪，樓高二層，內部大大小小的房間不下百間，可想見歷代破軍之中曾有英豪強者，追隨者親信眾多。

然此刻柏入住此地不過一兩年，雖有解神女幫他打理，但一來解神女審人嚴格，二來柏天性帶有那麼一點孤獨成分，所以此殿現在人數仍少，整個偌大破軍殿顯得空蕩蕩的。

琴就這樣走著，最後在一間角落的房間外停下腳步。

道行震盪就來自於此。

房間門半掩，從門縫中，琴竟然看見了一柄造型獨特的刀，其刀有座，如古老中國的斷頭鍘，這不是木狼的絕世凶兵，狼鍘嗎？

所以屋內是木狼嗎？

「木狼已經醒了啊？」琴驚喜，畢竟這趟凶險無比的劫獄事件，就是為了救出這道幫第一堂刀堂堂主，但木狼後來硬擋住天相十餘拳，整個人被打得陷入地板，真是生死一線。

一看見木狼身影，琴心中驚喜，就要推門相認，但隨即，房內傳出的一陣道行衝擊氣流，頓時讓琴住了口。

這道行衝擊氣流，宛如一柄從天而降的巨刀，挾著狂暴刀勢而來，光是感受這股刀勢，就會讓一般人肝膽碎裂，跪地不起。

木狼雖未出刀，但光憑這股刀勢，就知道木狼已經用上道行，正與某人相抗。

琴不禁吃驚，這破軍殿位於政府深處，又在柏與解神女的掩護下，哪來木狼必須出盡實力的對手？

刀勢洶湧，在房間內卻未造成任何破壞，原因是刀勢所下之處，竟是一片柔軟的深潭。

這深潭，也不是實體，而是另外一股似水的道行。

波光粼粼，深不可測，表面看似平靜潭底卻暗流洶湧，這一股深潭般的道行不若刀勢般強橫張揚，卻是一股足以抗衡之力。

它穩穩接住了木狼的刀勢，更在暗流之中，等待時機，就要反擊狼鍘。

「這道行，優游自在，無形無體，真像水啊。」琴感受自己的心臟噗通噗通地跳著，「似曾相識，似曾相識，好像在哪看過？是圖書館監獄之中嗎？」

這時，只聽到房間內傳來木狼低沉沙啞的嗓音。

「浪蛟兄，多年沒見，你親手泡的茶，還是一樣香啊。」

浪蛟？琴一愣，那不就是被囚禁於圖書館六樓《潛水鐘與蝴蝶》中的頂級魂魄，左輔浪蛟。

「過獎了。」對面的男子聲線輕柔，沒有木狼低沉，帶著一股謙謙君子的文氣，聽起來相當舒服。「木狼兄，你這壺酒，喝起來純厚狂野，真誠直接，真是酒如其人啊，好酒。」

琴在門外聽著，這兩人一人泡茶，一人喝酒，還交換給對方喝，一邊喝還一邊快要打起來？會不會太不搭了啊？

不過琴好奇心雖重，但躲在門後偷聽人說話，也不是她喜歡幹的事，正當她要轉身離開，此刻卻聽到了自己的名字。

「你說，那個琴啊……」說話者是浪蛟。

琴？琴腳步一頓，浪蛟要說什麼？

「琴如何？」

「說實在的，以我對你的多年認識，實在不解你為何會選擇她。」浪蛟慢慢地說著，「此女縱然心地純善，但對世事太過天真，流於婦人之仁，在這陰界，若不心狠手辣一點，是很難在易主之戰中取得勝利的。」

「哈哈，你說的真的沒錯。」木狼大笑，「我首次見到她，是在守護者的土地上，我看到一個懦弱困惑的女孩，但隨著她進入道幫，與包裝組的婆婆們成為好友，更力抗道幫內部的矛盾，我發現，她正是我們失去已久的黑幫的精神。」

而木狼一邊說著，那原本就盈滿整個房間的刀勢，竟然又更強了。不斷壓迫深潭的湖面，讓湖面的水，不斷地往外濺開。

「黑幫精神？」浪蛟面對不斷加強的刀勢，他喝著茶，只見握茶杯的手，肉眼無法察覺地顫動著。「只有熱血與浪漫，是無法治理陰界的。」

浪蛟說話的同時，深潭的水面波濤洶湧，面對從天而降的刀勢，水氣加速環繞如漩渦，威勢相比毫不遜色。

「錯，黑幫的精神是正義，政府只會立規矩訂制度，若少了精神，遲早走向腐敗。」

木狼一手拿著酒壺，一手已經握住了桌上狼鍘。「此刻的政府就是如此！」

當他握住狼鍘，空氣中的刀勢更強，整個房間的空氣彷彿要燃燒起來，深潭冒出熊熊蒸氣，幾乎要把深潭硬生生燒乾。

「哈哈，黑幫就不會腐敗嗎？若黑幫之力真的將政府完全摧毀，勢必要進行重建，重建政府需要多少力氣？混亂時期會造成人民多少痛苦？不如從政府中找尋人才，在保持現在體制下，從內部自我淨化！」浪蛟聲音依然保持斯文，但氣勢也越來越強。

下一秒鐘，強大刀勢劈入潭底，沒想到卻在潭底遇到了巨大阻力，因為一條水柱從潭中直衝而上。

不，這不是水柱，而是一根長棍。

棍如游龍，由潭中直頂而上，硬是頂住了巨刀。

而長棍之所以自湖中出現，正因為浪蛟一手端著茶杯，另一手也握住了桌邊的長棍。

「我狼鍘的前身，可是在陽世斬過無數惡棍昏臣的龍頭鍘、虎頭鍘與狗頭鍘，可謂世間凶兵啊！」木狼大笑，「你這棍子不錯啊，竟然能和我的狼鍘抗衡？」

浪蛟一笑，「此棍名為龍脊，取自當年鄭和寶船內支撐船體的那條龍骨，龍骨為萬年紫檀木，共經歷七次下西洋，行經萬里，承受數十萬次風浪衝擊，更吸納無數海洋之力，龍骨被卸下後，取其精華成一棍，便是這此棍『龍脊』」

一棍龍脊，背景來歷竟然完全不在狼鍘之下，難怪浪蛟握住此棍，氣勢陡然增強，足以與木狼抗衡。

只是，琴在一旁看得是心驚肉跳。「搞什麼，果然人家說，喝酒喝茶時千萬別談政治，你看看，談沒兩句，就快打起來了。這定理從陽世到陰界都適用。政治真可怕。」

而房間內，木狼再笑。「原來是船的龍骨啊，難怪自帶水屬性，和你真的是天造地設的一對，看樣子，這一次我們又得各侍其主了。」

「左輔與右弼，當我們被賦予了如此天命，哪一次，不是各侍其主呢。」浪蛟淡淡一笑。

「也是。」木狼微笑，握著狼鍘的手，已然放鬆。「對了，謝謝你的好茶，等等告訴我，你打算支持誰吧？」

「當然，你也告訴我，你這次追隨的對象吧。」浪蛟微笑著，左手指尖也離開了龍脊。「一起說？」

看見兩人氣氛轉為和平，琴鬆了一口氣。

「那就是——」木狼微笑。

「那就是——」浪蛟微笑。

「武曲！」「破軍！」

但就在這兩個名字響起的同時，木狼已然握住狼鍘，爆發史無前例的狂暴刀勢，如一弧割裂天空的戰慄紅霞，橫甩向浪蛟腦勺。

同時間，浪蛟左手緊抓龍脊，直射而去，棍尖瞬間化成一絕對黑圓點，黑圓點陡然逼近，有如被月亮遮住的恐怖日蝕，直貫向木狼眉心。

兩人，都在這一招用上了全力，更帶著完全不保留的殺意，因為他們都明白對方在易主爭霸中的影響力，所以要在掀起全面戰爭之前，將對方直接斃於此地。

「啊，不可以！」琴親眼見過木狼在道幫最後一戰時，那屍橫遍野的殺戮，自然知道這一刀有多狠，急忙大叫，同時跳入房間之中，右掌緊抓雷弦，雷弦蓄滿電能，急揮了出去。

她要擋下木狼這一刀！這浪蛟可是好人，至少曾經收留過開花者，就怕兩人互轟，有個人當場就被劈死了。

「小心！」木狼見到琴竟然跳入兩大高手全力一擊的殺陣中，急忙收刀，他可不想還沒追隨到武曲，就先把武曲身體給切了。

但木狼一收刀，下一個陷入險境的，就是自己了。

因為浪蛟的龍脊並沒有停下，黑圓點瞬間放大，就要把木狼的前額腦骨當作紙窗戶當場戳破。

不過就在這場險局之中，忽然，一陣涼風吹來，一面無形無體的垂直風牆陡然從天而降，剛好擋在龍脊之棍前。

風很強，但卻來得倉促，其實不足以完全斷開龍脊，但卻聽到浪蛟輕嘆一口氣，手往後一拉，龍脊頓時如靈蛇回洞，退了回來。

「你的人來了，我的人也是，看樣子這一次是打不成啦。」浪蛟搖頭。

當龍脊一退，眼前風牆的真實面目頓時顯了出來，這是一柄色澤純黑的長矛。此矛周圍帶著凜冽狂風，正是破軍之矛。

一個聲音跟著響起，聲音清朗。「我是此殿之主破軍柏！誰敢在此地殺人？」

「是啊，打不成啦。」木狼鏘然收刀，慢慢起身。「我們追隨的主兒都到了，就這樣吧，我們將來戰場上見啦，老友。」

「顯然是如此。」浪蛟收起龍脊之棍，「這段時間，我們各有事情要做，是吧？老友。」

「當然。」木狼把目光移向了琴，「喂，小女孩。」

「什麼小女孩？我有名有姓，我叫做琴好嗎？」

「呵，還是一副任性樣，沒變啊，那很好。」木狼大笑，「為了迎接最後的易主之戰，我會重新整合散落的黑幫勢力，妳也得好好準備。」

「等等，誰要和你打易主之戰？準備啥啊？」

「等妳找回第五食材，我們再見。」

「第五食材……嗯好。」琴只能點頭。她想說什麼，但想想，她與木狼相處時間不算短，她清楚木狼性格。

他是一種黑幫的典型類型，話雖然不多，卻能為信念或是朋友付出生命。

這次琴率眾衝入監獄救出木狼，木狼看似什麼都沒有說，但講信重義的他，已經將自己生命當成回報的代價了。

「等我回來。」木狼將刀子放上了肩膀，身材壯碩高大，留著長髮，帥氣而霸氣的他，沒有回頭。

琴看著木狼的背影，她突然有種感覺，下次再見到木狼時，他不會只是一個人。

他將會帶回一支軍隊。

一支可以爭奪陰界黑幫霸主地位的軍隊。

「雖然很可靠，但也給人壓力很大啊。」琴歪著頭，長髮灑落單肩，露出無奈的笑容。「其實，我不想當易主之王啊……」

「易主逼近，如果不是妳殺人，就是被人所殺。」木狼滄桑一笑，彷彿想起了天策，那個在道幫中暗算自己，親如弟弟的師弟。「而且，多是身不由己。」

「嗯。」琴自然是知道木狼的背景，更知道這是他的報答方式，琴只能輕輕點頭，然後目送木狼遠去。

當木狼瀟灑離去，這房間內還剩下柏、浪蛟與琴。

「木狼是右弼，我是左輔，自古以來，我們各自侍奉一主，在易主之戰中對決，已經是千百年來傳統。」浪蛟嘆氣，「若不是易主將至，我是絕對不會想殺妳的。」

「同意。」琴用力點頭，「幹嘛打打殺殺啊，很累啊。」

「而且，如果不是妳，我現在還在蘭陵監獄，為此，我將給妳一個故事當作回禮。」

「喔？什麼故事？」

「一個我曾經親身經歷的故事，當初武曲離開陰界，我曾經追捕過『她』。」

「咦？追捕『她』？她是……？」

「是，而且追捕地點就在這裡，政府。」浪蛟嘴角揚起，他的表情竟然沒有半點憂傷，反而有點懷念，像是懷念一個老朋友，或是一次美好而特別的經驗。

「啊？」

「三十年前，政府文件紀錄中一個始終未解的神秘案件。」浪蛟說，「天廚星夜晚煮湯事件。」

天廚星夜晚煮湯事件？

這剎那，琴心念一動，她想起自己是不是曾經聽過這個故事？就在多年前，當琴還是菜鳥新魂時，曾從另外一個老友冷山饌口中聽過相似的故事？

但當年冷山饌的故事多有殘缺，畢竟冷山饌師傅只是一個在廚房內煮湯之人，無法窺視事件全貌。

但若此刻，加上了東軍之正浪蛟的視角……是否能將故事拼湊得更為完整？

所以，那個『她』是誰？難道就是當年離開陰界轉生為琴之前的武曲？

第四章・然後，他們就碰面了啊

陽世。

一張大會議桌前，圍著六個人，桌上三台筆記型電腦、一台平版電腦、幾張散亂的紙，還有兩三支筆。

他們在討論一件事，而且顯然已經討論不短的時間了。

「這歌聲到了精采處就像是海嘯，這影片當然要用上海嘯的畫面。」其中一人是年紀四十幾歲的中年人，下巴有著鬍碴，嗓門不小，他是動畫師阿龍。「我手上有不少海嘯的動畫，而且我可以去動畫庫裡面找，絕對沒問題的。」

「感覺不對，阿龍……」說話的是坐在長桌中間的男人，他年紀頗輕，戴著一副無框眼鏡，溫文儒雅的五官，配上有點古怪的馬桶蓋頭。

以他所坐的位置判斷，他該是這次會議的核心，新導演。

「導演，你什麼都不對，我們提了二十五個方案，你拒絕了二十五個，你到底還給不給人下班啊？不過就是一首歌的 MV 影片，有必要龜毛成這樣嗎？」

長桌另外一人是女子，她留著耳上短髮，眼神銳利，她一邊熟練地操作著電腦，一邊抱怨著。

「這首歌，除了海嘯之外，我還想要拍出別的東西。」這導演雙手抱胸，「這就是我答應拍攝的理由，我想找到那東西，妳明白嗎？小萁。」

「唉啊，新導演，我知道你得了不少獎，但總不能每一片都當作參賽作品來拍吧？這樣會餓死的啊。」那名叫小萁的女子繼續抱怨，「雖然我們合作很久，我們都是認同你的實力才在這裡，但這是商業好嗎？妥協一下會死嗎？」

「也不是這樣說啦。」新導演眼睛看向了桌子的尾端，那裡坐著兩個女子。「妳們一定也覺得用海嘯動畫來呈現，不太對勁吧？」

這兩個女子年紀都是三十歲上下，其中一個身穿俐落襯衫，舉手投足間有一種自然的領導氣質，自然就是小風。

另外一個女子則是完全不同的調性，她甜美害羞，不善言辭，唯獨是她認真凝視某物時，眼睛大睜，竟透出一種明亮且銳利的氣質。

而她的歌聲，網路上廣為人知，會將隱藏在她體內巨大能量宣洩，一如海嘯，她就是小靜。

「嗯。」小靜搖搖頭，她有點害羞，只能用搖頭來表示意見。

倒是一旁的幹練女子，漂亮的手指輕輕敲了桌面兩下，她聲音不高卻清脆，彷彿有種穿透力，頓時震懾了全場。

「我也覺得不太好。」

「不太好……」注視著小風的樣子，小萸眼神失焦了一下，好像瞬間被說服了。「小風妳們是金主，我們得聽金主的，那導演，我們該怎麼改呢？」

「對嘛！其實歌曲一出來，大家就知道是海嘯了，真正要拍的是……是……」新導演支吾了半天，「是海嘯的源頭吧？」

「海嘯的源頭，是啥？」「導演，你到底在講什麼，你自己懂嗎？」「我們是被國家地理雜誌邀請來拍攝的嗎？海嘯的源頭？」

不過，就在這一片譁然之中，小靜卻發出小小的聲音。

「是……」

因為眾人太吵，所以大家都沒聽清楚，又是繼續七嘴八舌，但有兩人卻聽到了，那就是小風和新導演，他們同時湊近了小靜。

「妳剛剛說什麼？」

「我說……」小靜張開口，卻看見所有人的眼睛都轉向了她，讓她動作一停。

「別緊張，只有妳才最清楚自己歌聲海嘯的源頭，」新導演鼓勵地說著，「那到底是什麼？」

「我說，」小靜深深吸了一口氣，然後說出了答案。「是死亡。」

死亡？

這剎那，所有人安靜了。

「死……死亡？」

「是……是的。」小靜整個臉都紅透了，「死亡，就是我海嘯的源頭，但我說的死亡，並不是死亡的過程，是，是另外一個世界，死後的世界。」

「死後的世界？亡靈？」

「正確來說，是靈魂。」小靜的臉依舊紅著，但因為是在闡述自己的歌唱的源頭，她難得開口繼續說著。「那存在我們陽世的背側，是與我們世界共存的力量。」

「那我們該怎麼拍？」阿龍抱住頭，小萛整個人往後靠向椅子，只差沒有摔倒。

「妳的意思是說，妳的歌是靈魂的歌，所以才會直接震撼我們，讓我們以為是海嘯？」沒想到新導演不但沒有因此而退縮，他眼睛閃爍著光芒，彷彿尋寶獵人終於到了迷宮的最深處，那一扇龐大的古老石門。

答案，就在前方古門之後了。

「嗯。」小靜又恢復了原本害羞的模樣，只是點點頭。

「那我知道了，那就來拍這個吧。」

「啥？拍什麼？」「太誇張了吧？」「導演……我們還沒搞懂啊。」「瞎密？」「究竟要拍什麼？」工作人員們一頭霧水地看向新導演。

「就拍死亡吧。」新導演眼睛散發著光芒，「而且這首歌歌名是〈給琴〉，是紀念好友的，那就來拍『好友與死亡』。」

「等等，好友與死亡？這主題太陰暗了啦。」「不對勁吧？」「導演，你們再想想啦。」「金主小姐，妳看看導演啦，他又發神經啦。」工作人員的哀號聲再次響起，不過已經宛如背景音樂般無力。

「怎麼樣呢？小風和小靜小姐。」新導演看著眼前兩名女子，「要這樣詮釋這首歌嗎？」

小風轉頭看向了小靜一眼，在對方眼中找到了共識。

然後，小風開口。「坦白說，我很喜歡，這充滿陽光衝浪與海嘯的歌曲，其實源頭就是好友與死亡。」

「那真是太棒了，但我還有另外一個要求。」新導演的目光，仍看著小風。

「喔？」

「雖然我年紀只有二十幾歲，但我人生閱歷可不少，我從小不知道爸爸是誰，隨著母親到處工作賺錢，從國內到國外，看過形形色色的人。」新導演慢慢地說著，「而妳，是我看過最具天生領導力，甚至是帝王相天生的人。」

「嗯。」小風秀眉微微皺起，「你到底要說什麼？」

「那就是，」新導演聲音上揚，那是壓抑著極度興奮的聲音。「我想要拍妳。」

「啊？」

「我要邀請妳成為這部影片的女主角。」新導演越說越快，「邀請妳成為好友與死亡中的『好友』角色，我要的就是妳，小風！」

陰界。

浪蛟拿起茶杯，對著杯中淺綠色的茶，輕輕啜了一口，在暖暖的茶香繚繞中，回憶一點一滴地清晰起來。

「浪蛟，你說天廚星夜晚煮湯事件？」琴問。

「是的，我接下來的故事，有些是我知道的，有些則因為我曾收留開花者，他曾和我說的。」浪蛟說，「我兩人的片片段段，結合成一份回憶，和妳說，算是報妳將我從監獄救出來的恩情，也算是了卻開花者的心願。」

「嗯。」琴想起蘭陵監獄中開花者最後犧牲自己，換得眾人的離開，琴內心仍有些難過，她沉默一會後，抬頭問道：「說到天廚星的湯，那你喝過嗎？」

「喝過，當然喝過，說到天廚星夜晚的湯啊。」浪蛟閉上眼，「我有幸喝上一次，還真是好喝到骨子裡了，永生難忘啊。」

茶香中，浪蛟述說起這段遙遠卻又深藏已久的故事。

那個時候，已經是政府與黑幫戰爭的末期了。

政府與黑幫的這場大戰，歷時整整八年，起因是黑幫不滿政府獨裁與壓迫，決定群起反抗。

當時以三大黑幫為首，僧幫、道幫，以及十字幫，但後來政府內部稱這場戰爭為逆十字之戰，你可知道為什麼？

僧幫幫主太陽星地藏，被譽為陰界六百年來第一人，實力深不見底，但性格慈悲，在他領導下僧幫並不善征戰，加上僧幫收入來源是廣佈陰界的小型商店，所以它反而擔任後援的角色。

道幫幫主巨門星天缺老人，乃是一代鑄造兵器大師，道幫以買賣兵器起家，天生的好戰分子，許多激烈血腥的戰役都有道幫的身影，只是戰爭末期，幾乎未見到天缺老人，不知道是引退了還是道幫內部出了什麼變故。

最後一個是十字幫，此幫專司書本出版，在三大黑幫中最為年輕，幫主武曲是一個女子，她外表看似溫柔，實則比誰都古道熱腸，就是她看不慣政府獨斷，民生日益凋敝，所以率眾登高一呼，掀起了這場戰鬥。

因為三大黑幫扮演角色各不相同，其中又以十字幫影響力最為巨大，故稱逆十字幫之戰。

三大黑幫登高一呼，各路黑幫頓時響應，其間大大小小戰役不斷，雖然黑幫人數眾多，不過實力卻不如政府強橫，其中更有六王魂坐鎮，兩方一時間難分上下。

其實說到底，這兩方是無法分出勝負的，因為黑幫代表的是整個陰界的經濟，便利商店、武器製造、文化出版、公路運輸，以及飲食生活等，而政府代表的是制度與法律，更握有陰陽兩界的通路，政府和黑幫其實互相需要，根本無法真正擊倒對方。

這看似終將成為和局的戰役，卻在中期出現了變故，那就是「十隻猴子」。

暗殺集團唯恐天下不亂，開始暗殺雙邊重要人物，許多頗有威望的將領都死得不明不白，更被設計成一個一個互相嫁禍的陷阱。

戰爭，開始變得激烈。

而就在此刻，更因為一個人加入戰局，讓原本就波濤洶湧的戰爭，變得更加詭譎難辨，此人，也是主星之一。

他手持暴風黑矛，與武曲並肩作戰，此人便是破軍星。

聽到這裡，首先發出聲音的，反而是柏。「啊，所以逆十字之戰，我是後來才加入的？」

「是的，武曲與破軍，一電一風，一鳳一犬，這兩人戰鬥時太有默契，有如合作十餘年的師兄妹，所以無人可擋，六王魂中的天府星白金老人、太陰星女獸皇，甚至貪狼黑白無常都紛紛敗北，兩人因此獲得危險等級九的尊號，僅次於太陽星地藏，與天相星岳老並列。」

「好厲害。」琴睜大眼睛，「原來我們合作起來這麼強啊？但最後逆十字之戰，黑幫怎麼還是輸了？」

「就是那個破軍啊。」浪蛟嘆了一口氣。

「咦？」

「黑幫之戰，正是成也破軍，敗也破軍啊。」

風雷雙壁，打得政府節節敗退，以十字幫為首的黑幫，甚至衝入政府王都之內，這是黑幫有史以來最大的勝利。

但這關鍵一役，黑幫算錯了一件事，六王魂中不只有女獸皇、白金老人、貪狼黑白無常，和天相岳老，他們還有一個躲藏在後，不喜戰鬥卻高明無比的天機星吳用。

吳用算天時，估地利，掌人和，以局設局，成功引出了武曲，更讓武曲中伏後被迫孤身與岳老對戰。

同為危險等級九的兩大陰界高手，一位成名已久，一位才剛剛被陰界認同，在吳用設的局中，直接對殺。

此局是否真為一對一？抑或多對一？武曲是否受到環境牽制？天相是否真是單身一人，都無從得知。

但戰局的結果卻無人知曉。當所有人都認為武曲會折在冰冷無情的天相手下時……她卻逃回來了。

沒人知道她是怎麼逃出六王魂與岳老的夾擊，但當她回來時，另外一件影響戰局的大事隨之發生！

那就是破軍叛變了！

破軍叛變成為這場長達數年戰役的最後關鍵，黑幫因此節節敗退，眼看就要崩潰，也在此時，我遇到了武曲。

而這件事，要從一碗湯開始說起，那就是冷山饌的夜晚之湯。

「那武曲如何平安脫困？」琴問。

「不知道，那一戰是吳用設的局，隱密而詭譎，我們無從得知。」浪蛟搖頭。

「那破軍，又為何叛變？」柏也問。

「不知道，他改加入政府之後，雖然在戰場上威風凜凜，但私下卻異常的沉默寡言，我曾與他並肩作戰，我可以看見他的每一下揮矛，手都握著極緊，青筋外露，彷彿帶著巨大憤怒與痛恨而戰。」浪蛟嘆氣，「此刻，戰爭雖已接近後期，但更多故事彷彿才剛剛開始啊。」

陰界頂級廚師，冷山饌。

他命帶乙等天廚星，所謂的天廚星，就是各代烹調技藝最強之人，不只如此，每代天廚星更會將畢生所煮傳承下去，讓一代又一代的天廚星的技藝永不中斷。

這代天廚星冷山饌被紫微閣帝延攬入了政府，替六王魂烹調各類食材，他妙手如花，小有小煮，大有大烹。

就算是極地雪藏百年的白犛牛，棲息於古老建木上有著十對翅膀的翠綠蔬菜，如珍珠般漂浮在海洋上兇猛又美味的鯊米飯，在大氣層游動吸飽了陽光入口即化日之魚，這些極難的食材，他都能以極致的廚藝處理。

而極簡食材如：陰界子民的陰春麵、茶葉蛋、白玉臭豆腐，也可以在他的巧手下誕生全新的滋味，又不至於脫離食物原味，只是透過味道的深化與口味層次堆疊，打造出全新的味覺饗宴。

由於他的手藝精湛，加上政府內有太陰星月柔這樣的高等級的馴獸師，所以各種稀奇古怪的食材向來不缺，讓冷山饌可以大展手藝，在政府一待就是七、八年，而這一切，也確實是紫微閻帝所要的。

紫微閻帝，這數十年來政府的帝王，道行雖然在十四主星敬陪末座，但帝王霸氣天生，更有陰界第二高手天相岳老輔佐，使他穩坐政府領導者的地位，他流傳的紀錄並不多，多數的陰魂只知道紫微就是當今帝王，對美食甚為講究。

這一夜，紫微閻帝，突然想喝湯。

其時是冬春交界，氣候變化大，深夜時分來一碗暖胃的湯，確實可舒緩精神，又能讓口腹得到小小滿足，而不造成負擔。

於是冷山饌親自挽袖下廚，他熱炒雪藏牛肉丁，爆香白晶蒜片，丟入濃郁番茄湯中，蓋上鍋蓋，熬上數十分鐘，當香氣溢出鍋外，一碗陰界羅宋湯於是完成。

冷山饌對此湯頗為滿意，派人送一碗給紫微後，卻聽到門口一女子聲音。

「好香的湯啊。」

「妳是誰？」天廚愣住，他拿湯的勺子，舉在半空中。

「我是一個聞到湯的香氣。」這是一個年輕女孩，長髮，笑起來虎牙露出，讓人一見就愛。「所以越來越餓的人。」

「喔。」天廚看了幾眼那女孩，他想起最近政府和黑幫火拼正盛，也許她也是其中一方的戰士吧。

不過，這裡可是政府內部的御用廚房，她又是怎麼進來的？

如此明目張膽，難道不會引來戒備森嚴的六王魂部隊注意？

「我，可以要一碗湯來喝嗎？」女孩靠在門邊，輕聲地問。「你不會拒絕一個受到香氣吸引的客人吧？」

天廚遲疑了一會，然後點頭，從湯鍋裡面舀出一大碗熱湯，遞到了女孩面前。

女孩一笑，接過碗，喝了一口。

她嘴角隱約揚起，慢慢喝乾後，把整碗端還給廚師。

她的表情只是微笑，不說好也不說不好，卻吊足了天廚的胃口，忍不住問：「好喝嗎？」

「好喝啊。」她點頭，「是我喝過最完整的湯。」

「完整？」

「是啊，一碗羅宋湯中該有的東西，您都準備到了，火候、濃度、配菜都很完美。」女孩笑著說。

「完美？我不接受這樣的說法。」天廚星發現自己竟然隱隱動怒，「如果我的湯完美，為什麼妳的表情絲毫沒有變動？必定還有缺陷吧，請指出來。」

「我並不討厭啊，只不過，我喝過比這更好喝的湯罷了。」

「妳喝過……」天廚用力睜大眼，「比這更好的湯，是哪一個美食家……」

「什麼美食家？他不是啦，他的湯沒有比你完整，更別提什麼濃度配菜，都是亂來的，只是他的湯，多了一點東西。」女孩歪著頭說。

「多了一點東西？」

「若我要說，大概是……他的湯不寂寞吧。」

「不，不寂寞？」天廚睜大眼睛，他懷疑這女孩瘋了，但是她認真的表情，又似乎不像是在開玩笑。

「你的湯，很完整，但就是寂寞了點。」女孩笑，「請別怪我的形容詞太特別，我開的是出版社，整天搞文學的啦。」

「啊？」天廚只覺得這女孩好怪。

「對了，我該走了。」女孩對天廚鞠躬，然後揮了揮手，退出門外。「謝謝你的湯啊。」

於是，天廚手上握著勺子，呆呆地看著這女孩揮手離開了廚房，忽然他想起一個他始終沒問的問題。

這女孩到底是誰？她又是怎麼潛入戒備森嚴的政府裡的呢？

大約過了四、五天，又是一個類似的深夜，天廚又一個人在廚房內煮湯，廚房的門，又被一隻細嫩的手給推開。

一個熟悉的甜美笑容，從門後露了出來。

「又是妳？」天廚詫異。

其實，這幾天，天廚冷山饌有特別留意政府內部的人，他發現，這女孩並不在這些人之列，這女孩到底打哪來的啊？

「是啊，湯很香，所以我又來拜訪了。」女孩倚在門邊，微笑地說。

「嗯，妳再嚐嚐這次的湯吧。」這次，冷山饌主動從那一大鍋湯中，舀了一碗出來。

同樣香氣四溢，同樣令人食指大動的湯，女孩也同樣一口喝盡。

「怎麼樣？」

「完整。」女孩瞇著眼睛微笑，「不過還是有點寂寞哩。」

「什麼？這次的湯，我用了比以之前更頂級的食材，處理得更細膩，烹煮的時間更長更入味，為什麼還是寂寞？」

「說起美食我不如你。」女孩把碗放回了桌上，對天廚冷山饌一鞠躬。「你問我，我也沒辦法給你解答。」

看見女孩又要離去，天廚追問：「等等。」

「怎麼？」

「妳到底是誰？」天廚看著女孩，「我從未在戒備森嚴的政府裡看過妳，難道妳是六王魂新進的侍衛？」

「不是，我和六王魂他們不太熟啦。」女孩歪著頭微笑，「我啊，只是一個肚子餓的人，嘻嘻。」

說完，女孩再度閃出了門外，徒留下天廚一人，愣愣地看著自己的湯。

他喃喃自語。

「寂寞？寂寞的湯……究竟是什麼意思？」

當女孩離開廚房，只見她輕吐一口氣，然後開始在政府的各大建築物中奔跑起來，她的姿態輕盈，雙腳奔馳中帶著一抹輕盈的電光。

只是，當她移動到一半，忽然動作微頓，這是一種很難被說明的變化，像是一隻原本舒適奔跑的貓，忽然察覺到了什麼？身體一繃，調整了奔跑的姿勢。

明明就是一樣的速度，一樣的動作，一樣的橫移，這隻貓的身影，竟然開始變得兇猛，如同一頭豹。

獵者的力量，盈滿了這纖細的女孩背影，對背後的跟蹤者展現了一種絕對的，威嚇！

嚇！而在這一波兇惡的威嚇之下，年輕女孩背後的跟蹤者腳步微微錯亂了。

「這是誰？竟然光靠背影就能展現這樣的威嚇力？」跟蹤者也不是省油的燈，他只有腳步微錯，速度稍減，隨即凝聚道行，又緊跟了上去。

竟然還跟得上啊，看樣子，有一點底子呢。這女孩側過的半邊臉，臉上浮現一抹若有似無的微笑。

微笑之中，女孩腳步再往前一踏，再次提高了速度。

追蹤者訝異，因為他看見眼前像是啪啦一聲電光閃過，然後……女孩就這樣消失了。

女孩消失，追蹤者只能無奈停下，他感受著空氣中殘留的電氣餘韻。

「以雷電為招，難道真的是她？」追蹤者皺起眉頭，環顧著周圍。「以她身分偷入政府，根本就是飛蛾撲火，為何她不怕？她又有什麼企圖？」

追蹤者沒有思考多久，他只是緩緩蹲下身子，似乎在觀察著什麼，然後手掌打開，手心中竟捧著一團水。

水球在他掌心緩緩流動，裡面竟然有著兩條小魚，一條鱗片斑斕絢麗是為金鯉，一條鱗片墨色低調的黑鯉。

然後嘩啦一聲，黑鯉從水球中躍出，帶著晶亮水珠在空中游動。

黑鯉在地面上繞行了兩圈，開始朝著某一方向不斷地游動了過去，而追蹤者臉上露出淡淡笑容。

「速度快又有何用？」追蹤者邁開腳步，跟上了黑鯉。「我的能力是水，而水中金魚更是我的秘密武器，就看我浪蛟如何追蹤妳吧。」

「所以，當年武曲潛入政府廚房喝湯時，被你發現了？」琴問。

「是。」浪蛟將手上熱水沖向茶葉，激起輕巧的白煙和香氣。「是我發現的，我的陰獸名叫湖底雙鯉，牠們可是在百大陰獸分別排行十八與十九的陰獸。」

「廚房裡偷喝湯的故事……這故事我聽過其中一半，呵。但說故事的人是冷山饌。」

「原來妳已經遇過天廚星啦？」浪蛟抬起頭，同時把一杯熱茶，遞到琴與柏面前。

「是的，不過颱風一戰後，我就沒見過他老人家了，聽說他仍四處雲遊，神龍見首不見尾。」琴雙手接過茶杯，「你和他說的故事看似相同，實則視角不同，肯定能聽到一些不同的部分。」

「嗯。」浪蛟喝下一口茶，同時深吸了一口茶香。「是的，那就是那女孩是誰？為何甘冒風險潛入政府？以及……之後到底發生了什麼事？」

小黑鯉浮在空中，周圍飄浮著水珠。

見牠空中擺動了兩下尾鰭，開始往前游去，而浪蛟也邁開腳步，緊跟在後。

黑鯉看似體積嬌小，游動速度則異常地迅捷，而且具備追蹤道行的能力，在政府的建築群中前進，大概游了四、五分鐘，小黑鯉突然擺動了幾下鰭，在一棟建築的門口停了下來。

而浪蛟抬起頭，赫然發現，這棟建築外表霸氣，磚瓦之間透露出崢嶸之氣，竟然是……破軍殿！

「破軍？他在逆十字之戰中叛變，轉投政府，直接決定了這場戰役的結局。」

浪蛟遲疑了一會，「剛剛那女孩……怎麼會深夜時分，來到破軍殿？」

「這樣的身手，若身在黑幫，應該不會是無名之輩……」浪蛟也是心思聰敏之輩，此刻，他腦中已經隱隱浮現了一個名字，但卻又不敢肯定。

「若是她，應恨透破軍，又怎麼會半夜來探破軍殿？」

思及此處，浪蛟眼神一定，似乎下了決心，只見他食指輕劃了兩個圈，對著這條黑鯉下了指令，而黑鯉再次擺動魚鰭，帶著點點晶亮的水珠，朝著破軍殿內游去。

「不如，就讓我的黑鯉一探究竟吧。」

小黑鯉極度擅長追蹤，隱匿之力在陰獸中僅次於隱蝮，只見牠面對破軍殿大門，竟宛若無物般穿了過去，繼續朝裡面游去。

同時間，浪蛟左眼睜大，眼膜快速眨動兩下，竟換成了一枚魚眼，與黑鯉的眼睛同步，觀看著破軍殿內的景色。

破軍殿內的傭人極少，一間間的房間已許久沒被使用，蒙上厚厚灰塵。

小黑鯉對道行的感應極度敏銳，牠再次擺動魚尾，游到了一個深處的房間，房間內正散發著微弱的燈光。

沿著燈光，小黑鯉悄悄地靠近，而在破軍殿外頭的浪蛟，眼睛也不自覺地睜大……

而當小黑鯉到達房間門口，往裡面一看。

「這是？」浪蛟忍不住啊的一聲，因為他看見了兩個人。

破軍星柏，與，那個女孩。

兩人在說話，但話語中帶著爭吵。

「跟我回去。」

「不要。」

「那件事不是你的錯，但你一加入政府，所有的黑幫都誤會你……」

「不。」

「你身上被天機綁著那東西……我會找人幫你解──」

「不。」

「跟我回去！」

「不。」

「你怎麼那麼任性！」女孩生氣了，她起身，雙手扠腰，全身電能往外澎派。「你當時不是為了自己，你是為了救──」

「不單是身上的『束縛』，這段時間我也明白了，要改變陰界，一直在黑幫沒辦法的，還是要從政府──」

「放屁！」

兩人說得激動，甚至互相引動道行，當他們道行因為備戰而陡然往外擴張，甚至擴張出了門外，兩人卻在同一瞬間，停了下來，然後同時看向了門外。

看向了小黑鯉方向。

「這麼強的隱蔽能力都能被發現？」浪蛟吃驚，左手急按左邊眼皮，低吼。「快出來，黑鯉。」

黑鯉一個迴身，速度極快往後竄，速度快到眨眼就是上百公尺，但牠才游到一半，卻陡然撞上一堵透明的牆，以風打造的透明之牆。

風牆來得突然，讓黑鯉動作一頓，但牠似乎天生擁有鑽透萬物的能力，只見牠尾鰭擺動幾下，就要鑽過這堵嚴嚴實實的風牆。

只是，下一瞬，雷已經到了。

閃爍著猛烈電光，帶著微微紫光，一枚電箭，已射向黑鯉。

「嘖，就算是百大陰獸，也受不了這一箭，不能保留實力了。」浪蛟咬牙，雙手合起，合向水球之中的另一條鯉魚，金鯉。「換！」

剎那間，電光轟然擊中鯉魚，竟然沒有將鯉魚當場擊殺，因為此刻黑鯉已然不在，而是一尾美麗的金鯉。

金鯉鱗片閃爍金光，有如無敵防禦，竟然擋住了女孩帶著微紫電光的一箭。

「啊，鯉魚瞬間替換了？而且這一條金鯉的鱗片好硬，我的電箭射不穿牠，我剛剛可沒有保留實力喔。」女孩聲音透露著訝異，「單論防禦，只比十二陰獸的龍差一點耶。」

「有兩條鯉魚，牠們可以互換位置？所以牠們是百大陰獸的十八和十九的黑鯉和金鯉？」破軍見狀，朝外急奔，伸手就要抓住金鯉。「這金鯉防禦驚人，但不善潛行，我應該可以抓住牠……咦？」

柏發現，他的手才要抓住金鯉，卻發現金光消失，金鯉竟瞬間又換成黑鯉。

「糟，中計！」

黑鯉速度太快，一個溜煙，就溜出破軍的掌心，周邊水珠更如短刃，射向破軍的手心。

即使破軍以高密度的黑色強風包圍手掌，仍險些被水珠射傷手，同時間，黑鯉衝向風牆，而這次牠似乎已經掌握了鑽牆的訣竅，全身魚鰭震動幾下，身體已然鑽過風牆。

風牆沒攔住牠，女孩的電箭也沒打算施展第二次攻擊，就這樣，黑鯉展開肉眼難辨的高速，一溜煙地消失在長廊的遠端。

「為何不再以紫箭射牠？」破軍站到了女孩的旁邊，如此問她。「電箭是陰界最快的技之一，黑鯉雖快，妳未必攔不住牠。」

「如果我用電箭射牠，牠一定又會變成金鯉吧？」女孩目送著黑鯉背影完全消失，搖了搖頭。「難怪能排入百獸榜前二十，兩鯉相合，自在互換，等於一隻陰獸同時擁有隱蝮的藏匿能力，龍的防禦能力，太誇張啦。」

「嘿，就算如此又如何，每次替換必有短暫的時間落差，並非全不可破。」破軍冷冷地一笑，「另外，牠們互換應是聽從背後主人的命令，只要找出主人，將其殺敗，也是擊敗這陰獸的辦法。」

「說到牠們的主人，能夠駕馭陰獸榜前二十的人物……想必也是甲級星的高手。」女孩雙手扠腰，微笑。「看來我是驚動政府啦。」

「妳以後就別來了。」破軍背對著女孩，聲音帶著一股冷硬之意。「這裡可是政府，如果被發現，我可保不住妳。」

「我才不要。」女孩一呆，對破軍吐了吐舌頭。「我要一直來勸你，勸到你回頭為止。」

「這很危險，笨蛋！」

「你才笨蛋！」

「笨蛋！」

「笨蛋笨蛋笨蛋笨蛋！」

兩人，就這樣繼續吵了起來，有點笨，又有點真誠與認真地吵了起來。

「後來呢？」琴眨著大眼睛，「那女孩還繼續潛入政府嗎？」

「是啊，而且她不只去找破軍柏。」浪蛟露出了一個複雜的苦笑，「也不斷去找冷山饌，更因此讓冷山饌的湯，變得完全不同了。」

「我的前世武曲，好有趣啊。」

「嘿，對，是很有趣。」浪蛟搖頭，「但她太愛搗蛋，實在麻煩啊。」

「哈哈。」忽然，柏笑了。

「幹嘛笑？」琴回頭看向了柏，眼睛睜大看著他。

「哈哈，」柏的笑，沒了一貫的冷硬，竟笑得天真而可愛。「因為，現在的妳，也一樣麻煩啊。」

冷山饌再遇到那少女，已經是五天後。

連續兩次的「寂寞」評語，讓天廚更加奮發圖強。

為什麼這麼在乎這女孩的意見？天廚自己也說不出一個所以然。

他的廚藝明明已經受到肯定，甚至是紫微閻帝的首席御廚，為什麼他會在乎一個來歷不明女孩，與她那莫名其妙的「寂寞」評語呢？

但，天廚依然把湯調得更鮮甜，味道更濃純，甚至嘗試了許多自己從未想過的手法，終於，等到了這女孩的到來。

她同樣喝了一碗湯，同樣認真地表達意見。

「完整，但還是寂寞。」女孩砸了砸嘴，微笑。「不過，真的很好喝，而且越來越好喝耶。」

雖然沒有得到自己想要的評價，但他發現，自己喜歡看著這女孩喝湯時的表情，當她雙手捧湯，露出充滿期待又有點怕燙的神情，總讓冷山饌忘記移開眼睛。

不知不覺，他發現自己每天開始期待這神秘少女的來臨，更發現自己竟然慢慢找回了剛開始學習廚藝的自己。

每天的時時刻刻，他都努力思考，如何把一鍋湯煮得更好喝，如何應用新的食材，挑戰新的料理法。

而且，他的湯不只引來這可愛的神秘女孩，還莫名受到另外一個人的青睞。

那個人，就是這碗湯最開始的催生者，紫微閻帝。

紫微閻帝原本只是一時興起喝了一次夜湯，後來又喝一次，發現竟然在短時間內口味就大幅突破，很快他又喝了第三次，更訝異地發現，第三次竟然明顯地超越了第二次。

一次強過一次，不斷攀登頂峰？紫微閻帝無比訝異，這冷山饌為何能在這麼短的時間內有如此驚人且大幅度的進步？更因此成為這湯的忠實愛好者。

每一晚，冷山饌全力熬煮的湯一出爐，都會親自或是派遣廚房小廝，急送到紫微閻帝跟前，因為閻帝要享用剛煮好的味道。

閻帝甚至會派出自己最信任的兩個部下，丙等星奏書與將軍，前來廚房探詢，以求第一時間取到湯。

這兩大星一文一武，道行高深，政府內更有一傳言，若紫微派出文官奏書，通常代表喜訊將臨，若派來的是將軍，恐怕是大禍臨頭。

當然，每次來取湯的都是奏書。

冷山饌明白人情世故，總會特地多準備兩碗湯，一碗給奏書，一碗給將軍，在陰界食物的力量奧妙無窮，幾次下來也讓這兩大使者對冷山饌親近許多。

只是紫微閻帝沒有想到的是，其實這湯第一個品嚐的人根本不是自己，而是一個半夜闖入的神秘女孩。

「你每次為什麼都要煮這麼大一鍋啊？」這日，女孩拿著湯，問了冷山饌。

「因為紫微閻帝。」冷山饌說。

「紫微閻帝？」女孩訝異，「陰界政府之主？」

「嗯。」冷山饌繼續埋首處理著湯的食材，「他，才是這鍋湯最開始的起點。」

「他，也喜歡喝這湯？」

「對，」冷山饌想了想，才開口。「他也越來越喜歡這湯，也許妳與他，口味很像。」

我與他，口味很像？

這一天，當女孩從廚房離開，朝著破軍殿而去，當靠近破軍殿時，她又感覺到了異樣。

水的氣息。

雖然沒有實際看到水，卻能感受到一大座像是牢籠般的水氣，呼嚕呼嚕地包圍著破軍殿。

「想用水設下陷阱來捕捉我嗎？」

女孩雙手扠腰，天不怕地不怕的她，自然不懼這層層水牆，不過，這一次，她卻沒有選擇硬闖。

她反而退了兩步，歪著頭，像是想起了某個好點子。

「聽說，這碗湯會送去紫微閻帝那？」女孩微笑，這是一個惡作劇的微笑。「和這政府打了這麼多年的仗，好像都沒見過對方的頭目耶，不如趁這機會……」

這一晚，浪蛟感到奇怪，因為在破軍殿外佈下重重陷阱的他，竟然沒有等到任何的闖入者。

安靜的，直到天明，都沒有那以電為力的少女的蹤跡。

少女去哪裡了呢？

她將所有的氣息閉鎖到極致，潛伏在廚房外，直到看著一名文質彬彬的男子走入廚房，然後約莫過了一分鐘，廚房小廝端著湯走了出來，這男子則跟在後面，這男子雖是文人，但步履沉穩，氣勢內斂，顯然帶有道行。

「這人，應該就是奏書了吧？」女孩歪著頭，「聽說紫微閻帝御前兩大高手，文有奏書，武有將軍，一碗湯竟要奏書親自來接？這紫微還真愛這湯呀。」

只見兩人步伐快速，離開了廚房後往東方而去，女孩隱匿氣息，跟了上去。

奏書身負星格，女孩自然不敢跟得太近，所幸他們為了讓湯到達紫微面前時，仍是燙口狀態，腳步自然快了，這一快，就沒有繞路來確認跟蹤者的防備措施，直直地衝向紫微殿。

用不著三分鐘，兩人竟然已經奔過數座大殿，直到紫微殿前。

夜晚星空下，紫微殿建築高聳，如蒼龍盤據，皇氣四溢，宛如君臨天下的帝王。

看見這棟建築，女孩下意識地哼了一聲。

「把房子蓋得這麼尊貴是怎樣？就能展現你帝王的姿態了嗎？民間疾苦你知道嗎？等會我一定要好好罵你一頓！」

隨即，女孩因為這股衝動，加快了腳步，身形如電，跟著奏書等人進入了紫微殿中。

「所以，女孩就進了紫微殿？」琴聽得眼睛大睜。

「是。」

「然後呢？」

「唉……」浪蛟喝了口茶，深深地嘆了口氣。「他們就碰面了啊。」

女孩膽大包天，明知紫微殿乃政府最核心之處，更是擁有強大武力的政府核心，若紫微閻帝稍有閃失，這場政府與黑幫之戰，將會是不死不休之局。

但，女孩還是進去了。

紫微殿的戒備極度森嚴，幾乎每條走廊和房間都有士兵密集的巡邏，多處更被放置了類似僧幫「咒」的陷阱，一不小心觸發了，整個政府的高手將會如潮水般往此地集結。

不過，她畢竟是敢於深夜潛入政府，又與浪蛟對峙的女孩，她嘴巴輕輕一吹，細微的雷電粒子頓時圍繞在她身邊，並形成一張薄到只有紙張百分之一的薄電力膜。

她將這膜如斗篷般穿在身上，電力薄膜干擾了所有外界光線，讓女孩外觀如同透明。

「雷系絕招『有雷慎入』之九，電漿透明衣。」女孩潛入紫微殿，此刻一般陰魂士兵已經無法看見她，不過她要顧忌的，可不只是一般士兵。

還有那些具備高超道行的好手，他們無需五感，就能感受入侵者的存在。

跟著，女孩兩手來回搓揉，竟慢慢搓出一顆綠色小電球。

緊接著女孩竟像是揉捏泥土般，左抓抓，右摸摸，這綠色小球竟被捏出了一張圓嘟嘟像是嬰兒般可愛的臉。

「有雷慎入之六，靜電精靈。」女孩手鬆開，這綠色小球一落地，頓時開始朝外滾動。

滾動時雖然沒有發出任何聲響，但卻透露出道行的軌跡，不只如此，這靜電小精靈在碰到牆壁時，竟然自動分裂成兩顆，兩顆往外一彈，又變成四顆，如此不斷來回，轉眼已經是上千顆小精靈，這小小的騷亂，頓時引起紫微殿中高手的注意力。

紫微殿的守衛之主將軍星，他五官嚴肅，身材高壯，身穿赤鱗鎧甲，腳踏雪絨鹿靴，只見他突然停下腳步，而一旁的衛兵看向了他。

「長官？」

「有異狀。」將軍轉過身子，朝靜電小精靈方向走去。「有東西侵入了我們紫微殿的道行防護網。」

「是敵人嗎？」其他侍衛頓時緊張起來。

「不，感覺衝擊並不強，且體積微小，時而在地面滾動，時而在天花板遊走，更不時四分五裂，又兩兩聚合。」將軍手握長刀，大步地走著。「這模樣更似陰獸闖入？只是奇怪，竟有陰獸能闖入紫微殿內？倒也稀奇，去瞧瞧。」

「是。」

靜電小精靈吸引了將軍等高手的注意力，也替闖入的女孩爭取了更多空間，她一步步隨著急速前進的奏書，來到了紫微殿最核心之處，紫微閣帝的寢居。

事實上，當女孩跟上奏書時，奏書是略有感應的，只是因為女孩的道行更高，加上靜電精靈擾亂，更重要的是，每晚的這一碗湯，紫微閻帝可是心心念念，千萬耽誤不得，故奏書不敢停步，筆直朝紫微寢居而去。

湯冷了，不夠燙口，紫微可是會不開心的。

當奏書連同廚房小廝將湯送到了紫微桌前，女孩也從旁邊窗戶潛了進去，她早聽聞紫微閻帝在十四主星中道行排列最末，甚至連甲級星都不如，所以她倒也不怕，只是饒有興趣地看著坐在椅子上的人。

原來這就是傳說中的紫微閻帝啊？雖然不強，但帝氣天生，好有威嚴的人啊。

而正在批閱奏章的紫微，一見到湯來了，立刻停下了筆，手一伸，單手捧住了湯碗。

「小心湯燙，閻帝。」奏書忍不住出言提醒。

「嗯。」閻帝卻沒有回應，他只是嗯的一聲，手握著湯碗，時間彷彿暫停，感受著來自掌心的溫度。

然後他將湯碗放到鼻尖，任憑湯中飄散的氤氳之氣，在鼻腔內流動。

接著，他將湯碗邊緣放到了唇邊，看似有點怕燙，又不是那麼怕燙的，喝了一口。

然後，他閉上眼。

時間，彷彿在此刻暫停。

沒有說話的紫微閻帝，讓底下的奏書看得有些緊張。

但沒有說話的紫微閻帝，卻讓在一旁的女孩看得忘我，這人喝湯的樣子，為什麼那麼讓人目不轉睛？

明明是一代帝王，全身散發尊貴之氣，喝這碗湯的樣子，看起來卻這樣的開心？彷彿就是吃著最喜愛食物的少年，快樂又不失儀態，女孩竟然忍不住跟著吞了吞口水，自己竟然想和他一起喝？

當紫微睜開眼睛，他嘴角已然上揚，眼神卻帶著一絲不足。

「這湯，是越來越好喝了。」紫微笑著，「不過，依然寂寞。」

依然寂寞？女孩一聽，身軀輕顫。「難道……他懂，我所懂的？」

「不過天廚的湯越來越接近答案，有人在引導他嗎？還是他也懂這湯的寂寞？」

紫微咂著舌頭，感受湯的味道，自言自語地搖了搖頭。「不，他不是這種人，他只追求技藝的精進，他肯定不懂這湯為何寂寞，所以必定有人在帶著他。」

奏書聽了紫微說話，忍不住問：「閻帝，那今晚的湯……？」

「嗯，還是很好，而且又更好了。」當紫微放下湯，剛剛如少年般迷人的瞬間已然消失，取而代之是原本的霸氣莊嚴。「你去賞他，他不愛錢財，讓他挑選幾種想嘗試的陰獸食材，然後讓女獸皇派人去抓吧。」

「是。」奏書臉露微笑，紫微閻帝果然是明君，他知道天廚根本不屑錢財，若要獎賞他，就得賞賜一些珍貴陰獸食材，只是這些陰獸食材不是在萬里高空上，就是十年才出現那麼一次，若非太陰星女獸皇親自出手，根本無法取得。

「好了，奏書，如果沒事，就先下去吧。」紫微閻帝揮了揮手。

「是。」奏書和小廝同時低頭，然後恭敬地離開了。

當他們退下，偌大的紫微寢宮，紫微閻帝又喝了一口湯，臉上再度浮現那少年明亮爽朗的神情。

然後，他突然笑了。

「那個一直躲在窗下的朋友，看我一人喝湯，妳不寂寞？」

這剎那，女孩一呆。

紫微在說誰？

「我紫微殿戒備如此森嚴，妳都能闖入？」紫微笑著，「有人說，星星們會互相吸引，既然來了，不如一起喝碗湯？」

第五章・四碗麵線

陽世。

小靜新歌〈給琴〉的MV已然談定，新導演更親自動手寫出劇本，只是，當劇本完成並交給工作團隊們閱讀時，同團隊的小蔫和阿龍的眼睛卻都快突出來了。

「這劇本，到底和這首歌有什麼關係？導演你瘋了嗎？」「這這這，到底會拍出什麼東西？除了Div的書，我沒看過比這更荒謬的東西！」

但面對這些質疑，新導演卻依然充滿自信，他抓了抓如馬桶蓋般的亂髮。「是這樣的，當時雖然和小風小靜訂好了主題，但真正要下筆寫劇本的時候，卻怎麼樣都連接不起來，所以，我就利用晚上，開始反覆聽著這首〈給琴〉。」

「然後呢？」

「一直聽，一直聽，一開始只覺得好聽，可是聽到後來，竟然就睡著了。」

「哇勒，這是什麼故事？聽到睡著？」

「等等，還沒結束啊，神奇的還在後面勒。」新導演又繼續抓頭髮，「等我睡醒，就全部寫好了。」

「啊？」

「就你們看到的版本啊，有沒有很棒？」

「胡扯啊。」「天啊。」「你家有養做鞋子的小精靈嗎？」「不，是寫劇本的小精靈，我好羨慕啊，可以偶爾出差來我家嗎？」

「別擔心，我早上已經把這個版本，用電子郵件的方式寄給了小風和小靜，就看她們怎麼回應嘍。」新導演笑著，「我有信心，她們一定會喜歡的。」

「絕對不行的吧。」小萸拚命搖頭。

「肯定失敗吧。」阿龍也這樣說。

不過，就在一分鐘後，新導演的手機發出叮咚一聲，一通訊息已然傳入。

「是小風和小靜她們傳的！」

「金主怎麼說？」小萸和阿龍湊上前去。

「她們只問了一個問題。」

「什麼問題？」

「那就是，」新導演笑了，「這劇本何時開拍？」

「何時開拍？那就是同意了！」小萸和阿龍互看一眼，放聲大叫。「見鬼！」

「什麼見鬼？講清楚！」

「竟然連這麼奇怪的劇本都會同意？這劇本裡面，有鬼耶。」「仔細想想，小風和小靜這兩個女生也是怪咖，和新導演一樣都是怪人。」

「這不是鬼，是陰魂。」

「哪裡不一樣？」

「嗯。就是不一樣啊。」新導演看著這劇本，有件事他沒有說，關於昨晚的沉睡，他並非完全沒有記憶，他有做一個夢。

夢裡，有一隻比大象還要大的白色巨獸，正緩步朝他而來，這隻巨獸有著長長的鼻子，短短的四肢，讓新導演想起了食蟻獸。

白色巨獸的表皮看似雪白而柔軟，讓睡夢中的新導演有一種想要用力抱住牠，把牠當成玩偶的衝動。

而這巨獸的背部，還載著一個人，那個人沉睡著。

她是一個女孩，中長髮，她的五官端正，稱不上甜美，甚至可以想像她清醒時是帶著一點英氣與嚴厲的五官。

但她睡著時，卻給新導演一種無比溫柔的感覺。

新導演看著她，就算在夢境，他也知道這人是誰？她是小風。

看著小風的臉，新導演感覺到她胸口裡有什麼東西正散發著隱隱的紅光，是心臟嗎？為什麼心臟會發光呢？

夢，像是沒有時間軸般緩慢地推移著。

新導演看著那紅光，忍不住將耳朵湊了過去，他聽到了心跳聲，彷彿在呼喚著什麼……

新導演湊得更近了，終於，他聽清楚了呼喚的聲音。

『琴，妳相信，星星會互相吸引嗎？』

陰界。

「所以，女孩就這樣和紫微碰面了？沒有互打？紫微沒有叫人抓女孩？女孩也沒有用武力痛宰紫微？」

「沒有，都沒有。」浪蛟搖頭，「女孩，還真的藝高人膽大，就這樣從窗戶一躍而入，去喝那碗湯了。」

「我紫微殿戒備如此森嚴，妳都能闖入？」紫微笑著，「有人說，星星們會互相吸引，既然來了，不如一起喝碗湯？」

「一起喝湯？」女孩從窗戶躍入，露出好奇的表情。「你倒是一點也不怕？不怕我是刺客準備刺殺你嗎？」

「妳想殺我嗎？」

「嗯，本來有點想，但現在不想了。」

「為什麼不想？」紫微嘴角上揚了起來。

「因為我覺得，你比我想像更有趣。」

「哈哈。」紫微大笑，「哈哈哈——」

「有什麼好笑啊？」

「我啊，從出生就是什麼紫氣東來，神威天生，每個人都怕我怕得要命，第一次有人說我有趣，甚至是因為『有趣』而救了我一命？」

「哇，出生就是紫氣東來，神威天生？」女孩歪著頭，「你還真是……」

「真是怎麼樣？」

「寂寞。」

「哈哈哈哈。」紫微又大笑了，「此話怎講？」

「我問你，你有在某個無所事事的下午，和幾個好朋友，一起坐在街道旁喝酒聊天嗎？」

「沒有。」

「你有深入天空之巔，風暴中心，途經重重陰獸，只為了一個和朋友間的無聊賭注嗎？」

「沒有。」

「你有和朋友一起追捕可怕的食人陰獸整夜，當你們精疲力竭，卻在重雲之間看見晨光破曉，如點點金光灑在大地的景致嗎？」

「……還真的，沒有。」此刻，紫微已然閉上雙眼。「但可以想像，此景甚美。」

「那我問你最簡單的一個問題。」女孩看著紫微，「你有餓過嗎？」

「這，算有吧。」

「很餓的時候來一碗湯呢？」

「嗯，可能不太有。」

「喝湯的時候，有和喜歡的朋友一起，邊喝湯邊聊天？」

「這就，真的沒有了。」

「那我說你啊，」女孩笑了，虎牙映著光，模樣可愛，竟看得紫微有些痴了。「好寂寞啊。」

「不過，今晚以後，我就不寂寞啦。」

「怎說？」

紫微把湯往前一推，推到了女孩面前。「妳會和我一起喝湯，不是嗎？」

「哈哈哈。對！」女孩開心地笑了，拿起碗，大大喝了一口。「那我是你喜歡的朋友嗎？」

「是。」紫微拿回碗，也同樣大飲一口，他笑得宛如開朗少年。「哈哈，從今天開始，我們就當好朋友啦。」

茶香繚繞，時間回到了此時此刻。

「那後來，女孩就和紫微交上了朋友嗎？」琴問。

「似乎是，在開花者的故事中。」浪蛟點頭，「因為女孩不止一次回去找紫微閻帝喝湯，而閻帝也刻意將奏書和將軍等高手支開，似乎就是為了與女孩單獨相處。」

「不過，其實我沒有很懂，到底紫微是一個什麼樣的人？」琴歪頭，「他不是天之驕子嗎？怎麼會和女孩一拍即合成為朋友？」

「這部分，身為紫微部屬的我們，可能永遠無法理解。」浪蛟搖了搖頭，又喝了一口茶。

「真令人好奇啊，這紫微……」

「這壺茶，也快喝完了。」浪蛟說到這，輕輕搖晃了手上的茶杯。「而我與開花者的故事，也快要說完了。」

從那天開始，女孩不再只是去破軍殿苦勸破軍，更多時候，她反而溜去找紫微喝湯。

紫微似乎也相當期待與這「喜歡的朋友」的見面，多次刻意遣開部屬如將軍和奏書，等同開了一條暗道讓女孩輕鬆地進入。

而女孩也不時去找天廚星冷山饌，將她與紫微共同品嚐結果交付給天廚星，而天廚星更在女孩的鼓勵下，使自己的煮湯之力如同攀越高峰般不斷地往上突破。

同樣的，浪蛟依然在破軍殿外佈著水牆等待，只是少女出現的次數少了，讓浪蛟屢屢撲空。

破軍依然一人待在破軍殿中，逆十字之戰最終到底發生了什麼事？讓他做出如此巨大的改變？始終讓人不得而知。

這幾個月，彷彿很慢，又彷彿很快地過去了。

有一天，浪蛟依然在破軍殿外坐著埋伏時，他感到心神不寧，彷彿是巨大事件發生前的前兆。

而就在浪蛟不安之際，忽然，一隻手按住了他的肩膀。

浪蛟一驚回頭，誰有這樣道行，可以無聲無息出現在自己背後而完全沒能察覺？

當他回頭，瞳孔所映入的景象，頓時讓浪蛟更加驚愕了。

一名身材高大，如獄如淵，宛若重霧高山的男子，正站在自己身後。

「天相，岳老？您，來了？」

「這些時間，你盯著破軍殿，辛苦了。」岳老聲音深沉，「不過，這對手不是你可以對付的。」

「啊？」浪蛟詫異，「所以您要親自出手。」

「是。」岳老凝視著前方，「是的，時機已經成熟，是該親自出手了。」

時機已經成熟？

浪蛟遲疑之間，他看見了岳老的身後，竟然還站著其他人。

這些人影是何時出現的？他們的出現，浪蛟居然也完全沒有察覺？

「看樣子，真的是她。」一個人影身穿黑白雙色，其散發的陰沉凜冽之氣，讓人一見膽寒。

「嗯，是天機兄料得準。」另一個人身材福態，圓滾滾的身材散發滿滿的財氣。

「天府兄過獎，我只是順勢推理而已。」最後一人，身高中等，但體型瘦削，講話帶著一股儒生的味道。「只是，這當中確實也發生了我沒料到之事。」

「沒料到的事嗎？這就是人心啊。」天相岳老聲音低沉，「但今晚，就讓我們把事情解決吧。」

看著他們的樣貌，聽著他們的話語，浪蛟頓時明白了他們的真實身分。

「竟然是六王魂，而六王魂竟然已經到其四？」

這是足以和地藏一戰的規模啊，他們要用來追捕那女孩？

這一晚，女孩又來了，她感覺到水牆依舊圍繞著破軍殿，她歪著頭，手輕輕滑過了水面。

「有雷慎入之二，電感。」只見女孩手掌心閃爍電能，這次電能不具破壞性，反而刻意降低威能，最後化成一圈圈具備感應力的圓形電波。

電波無聲無息地分析著水牆，很快地，女孩找到水牆最脆弱之處。

「進去嘍。」女孩手指輕輕伸入了水牆最弱處，然後指尖綻放燦燦電光，快速往下一劃，水牆像是布幕般，被劃出了一條縫隙。

而女孩腳一抬，側身跨入了水牆之中，苗條的身形微微扭動，就這樣溜入了破軍殿中。

其實女孩明白，無論是否是從水牆最弱處進去，闖入水牆都是危險的，但今晚她有一股不安的預感，所以她還是闖入了破軍殿。

同樣的，遠處的浪蛟畢竟是水牆的架設者，他突然感覺到手中的黑鯉微微抖動一下，隨即又安靜下來。

「陰獸乃是天地之物，其感應力比人類更強。」浪蛟深吸了口氣，「黑鯉，你是不是感應到什麼了？」

闖入者是什麼，陰獸？士兵？甚至是……她？

但是浪蛟卻沒有任何動作，他只是繼續坐著，甚至沒有通知岳老等人，因為他知道，這四位六王魂共同出動，肯定密謀著某一件事，而這件事，他碰不得。

事實上，他也不想碰。

於是，他選擇了往後躺，雙手枕著後腦，看向了滿天星斗。

「今晚之後，會發生什麼事呢？」

就是這一晚，浪蛟躺在星空下，他感受到一陣撼動大地的震動，那是連湖底雙鯉都會畏縮成一團的震動。

浪蛟嘆了口氣。

他一早的預感成真，自這晚之後，陰界必然會發生巨變。

又過了短短時間，緊跟著又是第二聲震動。

這次，對天地之氣敏感的雙鯉不只縮成一團，更抖動幾下後翻過肚子，昏厥過去，靠著浪蛟急忙伸手輕揉雙魚的腹部，慢慢灌注道行，牠們才逐漸甦醒。

連兩次巨震，威力是一次比一次強，這個晚上，女孩與天相岳老，與六王魂之間，到底發生了什麼事？

同時間，在遠處始終亮著燈，飄著湯香的廚房，也有個人被震動所驚，抬起頭來。他拿著杓子，神情困惑。

連向來只專注在自己的烹調世界，不管世事的他，都忍不住自言自語。

「怎麼回事？今晚也太不平靜了吧？難道，和那女孩有關？」

茶香已淡，瓷杯已空，說到這裡，浪蛟的故事已到了盡頭。

「那一晚，女孩因不安預感闖入了破軍殿，六大王魂六人中到了四人，政府接連發生兩個詭異巨震，震到百大陰獸排行十八與十九的湖底雙鯉都無法承受。」浪蛟說到這，輕輕搖著已經空的茶杯，面露苦笑。「從此之後，陰界就改變了。」

「改變？」琴看著浪蛟，輕輕問道。

「是啊，後來，黑幫被政府全面擊潰，連十字幫都滅幫，更古怪的是，有三個主星都在那一晚後，陸陸續續消失了。」

「三個主星？」

「對，武曲星、破軍星，以及主持政府的紫微，也被傳出失去了蹤跡。」

「真的是巨變的開始……」

「是的，黑幫敗北造成失衡，政府權力開始急速擴大，不只是黑幫的因素，另一個原因是政府失去了紫微閻帝之後，天相一躍成為政府的實際掌權者，他讓政府內部的作法更加極端。」

「嗯。」

「不止於此，他的性格彷彿也跟著轉變，從原本的嚴肅深沉，逐漸變成黑暗而可怕。」浪蛟嘆了深深一口氣，「不知道和他修練的黑洞之術，兵器是天相鼎，還有那不為人知的密術，是否相關？」

「天相還有密術？」

「他是政府中最神秘詭異的人。」浪蛟說，「自從那個晚上之後，他的力量就開始無限制增長，到如今，甚至連太陽星地藏都無法阻止他了。」

「那個晚上，究竟發生了什麼事？」

「不知道，最後的部分，無論是我或開花者都不知道。」浪蛟搖頭，「也許，秘密的答案就被武曲藏在聖．黃金炒飯裡面。」

「藏在炒飯裡，哎，這武曲好任性啊。」琴雙手扠腰。

「那個武曲，就是妳啊。」

「等等，現在的我可不是當年的武曲啊，嘻嘻。」琴搖了搖頭長髮飄揚，笑容中露出可愛的虎牙。

浪蛟看著琴，竟看得他有些出神，這對虎牙他可認得！

在破軍殿中雙手掌握電能，將湖底雙鯉打得倉皇逃竄的漂亮女孩，笑起來時就有這一對可愛的虎牙。

「琴，去找回來吧。」

「找回來？」

「找回第五項食材，然後把武曲封印的秘密重新開啟，」浪蛟說，「更重要的是……」

「是？」

「如今天相獨權，力量無敵，但是當年武曲有七色電箭，也有『有雷慎入』，她可是率領黑幫一路打到政府門口，被譽為危險等級九的角色，如果是她，也許能和天相一戰。」

「原來，武曲這麼厲害？」

「她，就是這麼厲害。」浪蛟點頭，「所以，妳必須找回記憶。」

「但開花者說，第五食材在陽世，我又該如何開始？」

「在政府裡頭，若問起陽世點點滴滴，向來是『她』所專屬。」

「她？」

「六王魂之一，陰陽之門的管理者，」浪蛟嘴角揚起，「天同星，孟婆。」

二十日的時間，眨眼即過。

這段時間出奇的平靜，一方面破軍柏個性孤僻加上強力禁止消息外洩，一方面解神女人緣太好，讓政府官員百分之百相信了她，所以竟沒有半個政府官員前來探查。

其間五暗星與木狼先後離去，而琴、莫言與浪蛟得以安心養病，在解神女與百大陰獸中排行十四的關關睢鳩幫助下，所有人都恢復健康狀態。

同時間，政府對黑幫的圍捕也轉趨放鬆，數大黑幫得以鬆口氣，因為黑幫可是陰界主要經濟支撐，當黑幫不再風聲鶴唳，經濟也漸趨好轉，人民生活也不再恐慌。

就在這個時候，琴與莫言，也準備啟程了。

帶著一點失去地藏的悲傷，帶著一點對著天相政府的憤怒，更帶著被解神女治癒化解的傷疤，他們踏上了前往陽世的旅程，而第一站，就是天同星孟婆的所在地，天同殿。

天同殿所在位置較其他十三殿稍有不同，它就位在政府「陰陽門」組織之中，所謂陰陽門，就是負責掌管陰界與陽世溝通之門，有點像是陽世的出入境管理局，其中上班的人員就是鬼卒。

陰陽兩界共享這世界，靈魂彼此互通，許多魂魄從陰界離開進入陽世，展開為期一年到百年的旅程，之後又會回歸陰界。

鬼卒們必須確保這些魂魄在離開陰界時，一身清白乾淨，不要干擾陽世的秩序，所以孟婆會以「記憶風鈴」一物，取下魂魄的記憶。

那些進入陽世的魂魄，用殘留的記憶片段，拼湊出了一個名字，「孟婆湯」。

魂魄離開陰界，需飲孟婆湯，將記憶取下，赤赤裸裸地來到陽世，當再次回到陰界，也要再飲一次孟婆湯，只是這次是取回陰界記憶，回到寬闊無邊卻也原始暴力的陰界世界之中。

在陰界，靈魂不再需要依附在肉體之上，會以更純粹的靈魂能量存在，所以魂魄們活得更加直接也更隨性，大口喝酒大口吃肉，不爽起來拿刀互砍，開心起來追逐千里也是時有所聞。

陰與陽，這兩種截然不同的文化，介於中間的便是陰陽門，也就是歷代天同星掌管的鬼卒部門，鬼卒是少數可以進出陰陽兩界的魂魄，他們會跨入陽世追捕誤闖的陰魂，也會登記管理每個從陽世歸來的死去魂魄。

當然，其中也有跨過陰陽門與鬼卒的禁忌秘法，例如將柏從陽世拖入陰界的「煉陰兵」，十隻猴子透過夢境追殺陽世人的邪術，甚至是能跨越陰陽的貓等……

但無論是否存在其他通道，掌管陰陽兩界，最懂門道，握有最多秘密者，都只有那一個人，天同星孟婆。

當他們抵達陰陽門，有如進入工作繁忙的公務機關，寬闊明亮的辦公室，一排一排的櫃檯，到處都是手拿文件，步伐快速的鬼卒，還有前來辦事正在排隊的陰魂。

他們穿過了公務繁忙的辦公室，由柏遞上請見孟婆的帖子。「請幫我通報，政府破軍殿的柏，求見天同星。」

這名鬼卒看起來年紀頗輕，先是看到帖子上十四主星破軍之名，臉色已經驚惶，抬頭時又見到溫柔婉約的解神女笑容，他知道來者非同小可，隨即領著四人到一間寬闊的等待室，然後就慌張地進去通報了。

只是，柏等人原本以為很快就會見到天同星孟婆，卻沒想到等了整整十分鐘，那滿頭白髮，慈眉善目的孟婆，始終沒有出現。

良久，終於來了個女孩，她身材嬌小，綁著長長的雙馬尾，外型可愛，而當她走入房間，身上帶著的不同小鈴鐺便發出清脆細微的碰撞聲，宛如自帶背景音樂，讓人一聽就舒服。

「我是天喜，婆婆部屬，我替婆婆致上歉意，她無法答應各位的要求。」

「無法答應？等等……」柏訝異，「我們連要求都還沒提……」

「嘿，婆婆雖不涉易主之戰，仍關懷陰界大事，她早就知道各位是為何而來。」天喜說，「今日不只破軍柏，連武曲琴都來了，想必是要跨過陰陽門，前去陽世吧？」

「孟婆果然厲害！我確實就是琴。」琴笑，在孟婆面前，她也沒打算真的藏住身分。「不過，她如果已經猜到我們的目的，又為何要拒絕我們呢？」

「孟婆說，她掌管陰陽門，負責陰陽兩界，但陽有陽規，陰有陰矩，不可輕易打破規矩，若要進入陽世，就要如同之前的武曲，取下記憶，並以嬰兒方式重新投胎。」

「以嬰兒方式？等等，等到長大成人至少十年，那時候再找第五食材，怎麼可能來得及啦。」琴連連搖頭，「難道沒有通融的方法嗎？」

「陽有陽規，陰有陰矩。」天喜外型雖然充滿親和力，但態度堅定。「婆婆的意思就是如此。」

「呃。」琴和其他三人互看一眼，都感到一陣無奈，看樣子孟婆這條路是行不通了。陰陽兩界雖近在咫尺，但若真要跨越其實難如登天，沒有孟婆幫助，他們還有什麼法子？

「不過，各位遠道而來，如果不介意，要不要嚐一碗麵線再走？」

「別了。」柏搖頭，「這裡久待不利，我們之中有兩位正被政府通緝，還是快點離開吧。」

「說起這麵線，可是孟婆近年所收的徒弟小耗所做。」天喜說起這麵線，神情信心滿滿。「確定不吃上一碗再走？」

「不用……」柏正要繼續說，卻聽到琴啊的一聲。

「是小耗的麵線嗎，那我要吃。」琴開心地笑了，露出可愛的虎牙。「我超超超懷念他麵線的味道！」

「嗯，好吧，」柏看了琴一眼，無奈聳肩。「那就吃吧。」

「那為各位上麵線，請稍待。」只見天喜舉起左手，輕輕晃動了一下手腕，手腕裝飾相撞，傳出一陣悅耳的叮叮聲，像是夏日風鈴的聲音。

「天喜妹妹，為什麼妳總是聽起來這麼好聽啊？」琴聽得舒服，忍不住問道。

「嘻嘻，我的技是所謂的『十二音叉亂入』，操縱聲音就是我的能力，全身上下每一處，骨骼、皮膚，連眨眨眼睛，都能自然發出聲音喔。」天喜一笑，跟著身體轉了一圈，轉圈時竟發出叮叮咚咚的曼妙聲音，伴隨她的婀娜曲線旋轉，讓人宛如置身一場音樂舞會。

「好美，啊，好好聽喔。」

「不過，我的聲音比不上孟婆的七色音符，當然也比不上解神女姐姐的解神曲。」

天喜笑著，「啊，小耗來了。」

只見門被打開，一身乾淨素白色衣服的少年走了進來。

他捧著一個大托盤，托盤上以白瓷大碗裝著熱騰騰的麵線，只見他姿態恭敬，將麵線一碗碗放在每人桌上，一眼看去，這四碗麵線竟然完全不同。

有白有棕，有冷有熱，配料更是天差地遠。

「我們家小耗啊，可以針對不同的食用者，煮出截然不同的麵線喔，嚐嚐看，不會後悔的。」簡單幾句，就可以聽出天喜對自己的小師弟的喜愛之情，而這份聲調，讓琴抬頭看了天喜一眼，又看了小耗一眼，忍不住抿嘴偷笑。

第一碗上桌的是解神女，這碗是白麵線，色澤純白如玉，湯頭透明，散發淡淡清香，麵上點綴切碎青蔥，替這片潔白增添了截然不同的氣氛。

「我的麵，看似純白無垢，實則有著綠蔥般的小心思。」解神女微笑，「你還真的懂我。」

而莫言這碗則是紅麵線，用料豐富到驚人的地步，蚵仔、大腸、魚漿、紅燒肉，各式各樣的配料塞滿了整碗麵，加上陰界食材散發奇異光芒，把這碗麵線搞得像是寶石海一樣。

「整碗都是寶物。」莫言眼睛反射著寶石光芒，邪氣迷人的笑容浮現。「正對我神偷胃口，好！」

柏的這碗麵線則又完全是另外一個樣貌，碗裡麵線沒有半點湯水，麵線被揉成半個手掌大小，表皮煎得微焦酥脆，口感濃郁，而麵線內裹著新鮮蝦肉，蝦肉蒸騰著香氣，已經是功夫菜的等級。

「外硬內軟，心中火熱。」柏向來堅毅冷漠的臉上，露出難得的一抹笑，難以分辨是欣賞還是嘲諷。「原來，你是這樣看我的啊。」

而最後一碗端上的，則是琴。

不過，當她低頭看向碗，卻忍不住咦了一聲，因為這一碗麵線，竟然只有微白的湯，哪來的麵線？

「喂！臭小耗，我的麵線勒？你忘記放啦？」

「這碗麵，便是我心中的琴姐。」小耗雙目低垂，聲音卻是無比誠懇。

「什麼意思啊？」琴看著湯，忽然，鼻中飄來一股香氣，竟然濃濃的麵線香氣。

難道，這整碗都是麵線？而且從香氣判斷，裡頭的麵線滋味豐富，口味深奧，彷彿一片平靜的海洋下隱藏著千變萬化的物種。

「我心中的琴姐，就是這樣一碗湯，看似無麵，其實已經融入其中，徹底的黑幫精神，已經完全化入全身上下。」小耗嘴角揚起微笑，「這也是當年我與大耗最崇拜的琴姐。」

「大耗……」聽到小耗再次提起大耗，琴輕輕嘆了口氣，當年在颱風之中，還是新魂的琴慘遭雙星叛變，就是大耗與天使星犧牲性命擋下致命一擊，若非如此，哪還有今日在此處吃著麵線的琴？

「小耗，我答應你，我定會找到小傑和小才這兩個混蛋，然後狠狠地教訓他們一頓，替大耗報仇。」琴說到這裡，忍不住嘆了一口氣。「不過，現在要怎麼去陽世都不知道，孟婆不肯幫我們……」

「幫或不幫要看孟婆怎麼想，我們當部屬的也不能亂說。」天喜嘻嘻一笑，「不過，她吩咐我們請你們吃麵，就好好吃麵吧，如何？」

「嗯，是啊，趁熱吃。」琴點頭，「食物這東西啊，趁熱吃最棒了。」

於是，四人拿起筷子，品嚐起這專為自己打造的麵線，當麵線入口，現場突然安靜下來，因為無論是解神女口味偏淡卻帶著點綴趣味的白麵線，如寶藏般口感豐富刺激的莫言紅麵線，甚至是柏另外一個層次的手工煎麵線，還有，那專屬於琴的白色麵線湯。

每一口，都剛好打中了這四人的所愛，讓人在吞下第一口麵之後，都不自覺地靜默了下來。

剩下的，只有那專注咀嚼麵線，吞嚥食物，筷子輕輕撞擊碗底的聲音……安靜全心地品嚐，是對食物最高的讚美。

而當四人將這碗麵線吃到了一半，忽然奇妙的事情發生了，房間外頭響起了叮叮咚咚的琴鍵聲。

「鋼琴?是孟婆?」琴抬起頭,「這是孟婆的琴音。」
輕柔的,細膩的,那有如涓涓細流般的鋼琴音符,在房間內縈繞著。
「真好聽。」解神女閉上眼,「這就是能將記憶化成音符的聲音嗎?每個音符都充滿了故事,好美。」
這樣的音符下,連柏與莫言都不自覺地抬起頭,專心傾聽,此時此刻,有著美味食物與悅耳音樂,美好到彷彿陰界不再有仇恨與戰爭。
但就在聆聽音樂的同時,柏卻發現了異樣,因為他碗裡的麵線竟然發生了變化。
隨著音樂,麵線彷彿小蟲般有著生命,慢慢排出了一行字。
『有凶人跟隨,不便親自相見,請見諒。』
柏一愣,轉頭看向琴,他發現琴等人也正露出詫異神情,看著桌上的碗。
所以,我們被人跟蹤了?難怪孟婆不肯出面,因為出面反而會壞事嗎?這凶人是誰,竟讓孟婆也有所顧忌?
當柏面前的麵線停止,音樂起伏,接下來有反應的是莫言的碗,暗紅色麵線慢慢挪動,另外一行字在碗中出現。
『礙於陰陽法則,無法任意替你們開門,但仍有其他方法可行。』
其他方法?眾人互望,都在對方眼中找到一絲希望。
音樂中,又有變化的是解神女的麵線,這純白的麵體,透著銀光流動,最終也化成了一行字。

『通行陰陽界，需由陰陽獸帶路，當今最強陰陽獸，棲於貓街。』

琴和莫言交換一個眼神，當年破鼠窟，去的就是貓街，這次要找貓街之主……夜影？

夜影乃是十二陰獸之一，其道行霸道強大，統治貓街，若是牠出馬，也許真能帶琴等人通過陰陽門，到達陽世。

音樂依舊持續，但琴鍵聲音已然轉弱，顯然歌曲到了尾聲，而這一刻，琴看著自己的碗也有了變化。

碗內無麵，但湯面流動凝聚，最後也形成一行字。

『陰陽路上難去難回，友人在彼岸，切莫留戀，速去速回。』

當音樂漸漸停歇，所有人碗裡的字也隨之消散，孟婆這手以音馭麵的功夫，可說是神乎其技，又無比隱密。

「友人在彼岸，切莫留戀？」琴咀嚼著這幾個字，想要體會其中的意涵。

只是，當音樂就要停止時，忽然，一聲特別響亮的琴音傳來。

噹的一聲，震盪整個房間。

「啊？」正當眾人驚疑之際，卻見到四碗殘麵同時挪移，竟然形成了同樣的一個大字。

『走！』

同時間，房間陡然暗下，暗到伸手不見五指，黑暗中更夾著猛烈無比的道行，直撞入房間之內，這道行強大又陰冷，乒乒乓乓地撞碎了桌上麵碗，更完全壓制了房間中的四人，連莫言都被逼得退到了牆邊。

黑暗中，耳邊是天喜怒極尖叫。「此處是孟婆居天同殿，來者何人？竟敢造次！」只聽到音叉聲四起，震盪共鳴，產生宛如陣法般的層層音波，襲向這詭異的突襲者。

這是天喜的技，十二音叉亂入。

只是音叉陣法雖然強大而堅實，但面對房間內湧來的黑暗敵人，竟像是毫無辦法，黑暗中彷彿數十名陰魂同時入侵，和音叉產生亂鬥，短短數秒，音叉竟像是被吹熄的蠟燭般，一支一支啞掉。

當音叉啞到剩下一半，琴感覺到黑暗中自己的手被人一拉，那是掌心粗糙而溫暖，還帶著淡淡麵粉香氣的手。

「琴姐，這裡有密門，我帶你們走。」小耗聲音從黑暗中傳來，「這密道孟婆設有咒法，能避免他人追蹤，但優點也是缺點就是容易迷路，所以人與人之間必須以手相握，才不會落隊。」

「好。」琴的手往後一撈，撈住了一隻大手，那手粗大厚實，是男生的手。「我們要把手牽好，這裡有陣法，會斷去後方的追蹤者。」

小耗拉著琴不斷往前，在黑暗的密道中前進，琴只是被拉著往前，眼前看不到任何一絲光線，時而左轉，時而右轉，時而往上，時而往下，就這樣在黑暗中步行了十餘分鐘，以此速度，至少移動數公里遠了。

「這密道好長。」琴笑著說。

「是的，孟婆為了讓每個逃脫者能順利離開天同殿，故密道距離頗遠，但一方面也是咒的影響，讓我們對密道的距離感錯亂，目的是對付追蹤者。」

「原來如此。」琴一笑，「小耗，你成長不少耶。」

「謝謝琴姐。我真的真的很開心又見到妳。」小耗的聲音傳來，帶著真誠。「這些日子我聽過妳不少事蹟，闖入天空島，創立硬幫幫，蘭陵監獄劫囚，我相信許多老黑幫人都關注著妳，更因為妳，冷掉的血液都慢慢沸騰起來。」

「真的假的，我就只是一直東跑西跑而已啊。」

「不，我是說真的。」小耗聲音帶著暖意，「這就是我認識的琴姐，只是不知道如今冷山饌師傅人在哪？」

「你也不知嗎？」

「不知。」小耗繼續邁步往前，「但我認為，師傅應該是故意隱藏行蹤的。」

「啊？此話怎講？」

「師傅也許是為了某個目的，需要找到某個東西，又不希望被政府發現，才刻意隱藏身分，我是這樣感覺的。」小耗說，「而師傅要找的東西，肯定和妳有關，琴姐。」

「我……」琴一愣，而就在此刻，黑暗的密道前方，透出了隱約的亮光。

「要到了，琴姐。」

「嗯。」

看見密道出口，眾人不自覺地加快了速度，轉眼間，他們穿過了密道口，再現光明。

此地是空無一人的街道暗巷，看起來孟婆將地道出口設置於此，相當安全。

當琴走出密道，她轉頭看著小耗，經過這段日子，小耗的神情更成熟，也更溫和了，那是一張找到自己歸屬的臉，看樣子他真的適合在孟婆身邊。

「琴姐，那兇惡之人此刻可能仍在天同殿肆虐，我不能留婆婆和天喜師姐在那，我得回去看看。」小耗對著琴一笑，「抱歉，我得趕回去了。」

「好的，謝謝你，小耗。」

「我會一直關注妳，如果有一天……如果有一天，易主最終之戰到來，我一定會振臂高呼，響應妳的，琴姐。」

「振臂高呼，響應我？」琴一呆，「這是要革命了嗎？我沒有那麼遠大的……」

但琴的話沒說完，小耗已然轉身，朝著密道入口鑽了進去，眨眼間已經消失了蹤影，徒留密道外四個仍牽著手的身影。

「他到底誤會了什麼？」琴歪著頭，自言自語，直到她突然聽到一聲輕輕的咳嗽聲。

「嗯，那個琴，我們的手，還，牽著啊，不如，我們放手？」

琴轉頭，赫然看見，原來她自始至終拉手的人，都是柏。

而柏也沒把手放開，他們就這樣牽手在暗道中跑了近千公尺。

「啊對不起。」琴趕快將手一鬆，感覺手心熱熱的，而柏呢？他向來冷酷的面容也看不太出情緒，只是眼神飄向遠方，也不知道在想些什麼。

倒是另外一頭，莫言低沉的聲音傳來。「你只管你左邊嗎？你右邊的手，可以給我放開了嗎？破軍。」

「喔。」柏一呆，原來他注意力始終放在琴這邊，完全忘記他還和莫言抓著手呢。

當柏放手，最後仍拉著手的，反而只剩下莫言與最後一人，解神女。

這手，挺好牽的，兩人相視一笑，同時鬆手。

莫言沒有說出口，心裡隱隱感受著手裡的溫度。「醫者的手，熱熱暖暖的，像是冬天握著一杯暖茶，挺舒服的。」

解神女溫柔淺笑，手裡的餘溫讓她覺得頗為舒服。「莫言以偷技著稱，手指修長，皮膚比想像中更細緻呢，不過真的滿有力氣的。」

短暫的沉默後，四人將剛剛的短暫情緒都收入了心裡，琴率先開口了。

「只有三日，我們得讓貓街之主願意幫我們。」琴輕輕搖著頭，「這件事光想就覺得不容易。」

「貓在陰界中是極度危險的陰獸，以我的戰鬥能力，也許可以保護……」柏才說到一半，卻見到琴噗哧一聲笑出來。

「幹嘛笑？」

「其他人都可以，我覺得你進去貓街，這任務非完蛋不可。」

「為什麼！」柏聲音充滿不服氣。

「為什麼？看你總是帶著什麼陰獸就知道啦。」琴用手指戳了戳柏。

「我帶的……嘯風犬？」柏表情一呆。

「對啊，貓狗天生死敵，從草原的獅豹與鬣狗群的生死對決，到城市裡最強寵物的爭霸，貓狗天生不和。」琴笑，「你一身狗味，若真的進去，我賭貓群會把我們直接轟出來。」

「嗯……」柏用力吸了一口氣，「我身上，真的有狗味？」

「我是聞不出來，但貓咪一定聞得出來的。」琴搖頭，「好歹我曾在鼠窟大戰中與貓咪並肩作戰，我認為牠們不會抗拒我，但我可能還需要一個人陪我……怕有變數。」

「那不如就我……」莫言開口。

「我覺得，你最好在貓街外面。」琴認真地看著莫言。

「嗯?我身上沒有狗味啊。」莫言疑惑。

「你還記得剛剛我們在天同殿吃麵線時，那突如其來的凶者嗎？」

「嗯。」莫言沉吟，「那道行可真高。」

「對，而且他完全不懼孟婆，更在一瞬間以道行壓住我們四人。」琴看著莫言，「雖然我們靠著孟婆的密道躲掉了他的追蹤，但以他的道行，只怕隨時能追上我們。」

「妳說，他會追到貓街？」

「就怕是如此。」

「剛剛的凶者我認識，如此戰慄恐怖的道行，應是六王魂之一，黑白無常。」柏說，「我曾和他面對面吃過麵，他的道行就是這麼兇惡。」

「等一下，是六王魂黑白無常親自跟蹤我們？」解神女的臉色微微發白，她長年居住於政府之內，早見識過對六王魂的厲害，黑白無常更是六王魂中僅次於天相的高手。

「假設黑白無常這麼厲害，那他為什麼不乾脆把我們抓起來？」琴開口問。

「這就不知道了。」柏沉吟，「也許，他沒有把握把我們一網打盡，畢竟在天同殿內……」

「是這樣嗎？總覺得怪怪的哩。」琴一笑，「不管啦，既然強敵在側，莫言和柏你們就守在貓街外頭吧，我怕有人闖入，至於解神女，妳的生性溫柔，我想貓群一定不會討厭妳，妳願意跟我一起進去貓街嗎？」

「這是我的榮幸。」解神女溫柔地笑。

「那我來守護妳們。」「那我來保護妳們。」只聽到柏和莫言同時開口，聽到對方說話，又頓時住口，只是瞪了對方一眼。

「默契這麼好啊，嘻嘻。」琴伸出雙手，同時摟住這兩位大男生的肩膀。「那貓街外面，就拜託你們啦，別讓敵人隨便闖進來啊。」

「哼！這還用妳說！」

「我們就去請貓群出街吧。」琴笑得燦爛，「然後到了陽世，把那個任性武曲的第五項食材給帶回來吧。」

前進陽世，找到第五食材！

第六章・請貓出街

陽世。

小靜的〈給琴〉在網路上被反覆轉載，但卻遇到了一個天生的極限，那就是它只是歌曲，而非影像。

在這個影像為王的年代，單純的歌曲已經無法滿足網路上的人們，他們想要更多的刺激，除了聽覺，還需要視覺。

而聰明的小風，也早就安排了計畫，她找來了新銳導演進行拍攝，只是當她收到了導演熬夜寫出的劇本……

連小風都訝異了。

太像了吧！

這劇本，與現實雷同到讓小風身體發抖。

劇本的故事是這樣的：一個聰明且想法特別的女孩，她的名字叫做琴，她生命中有兩個好朋友，一個以唱歌為終生志業，一個擁有天生的商業頭腦，兩個好朋友雖然知道彼此，但從未見過。

直到有一天，這位年紀輕輕的琴竟因為一場意外車禍過世了。

琴的兩位好友都非常的想念琴，恰巧某次那位愛唱歌的朋友在Pub駐唱時，被另外一位商業頭腦的朋友認了出來。

她們因為琴這個共通點而聊了起來，越聊越投機，從此兩人生命更因此有了頻繁的交集，因為她們都懂琴，也想念著琴，所以她們互相扶持，共同解決困難。

但命運之神就是不肯放過她們。（讀到這裡的時候，小風忍不住笑了，媽啊這句話怎麼又出現了，每本小說都需要這句話來鋪梗嗎？）

就在其中一個朋友的歌唱夢正要實現之際，另外一個朋友卻突然患了急症。

心臟絞痛。

那是幾乎奪命的急症。

就在這一晚，那位朋友許下了生命中最初也是最後的願望，她，想再次見到琴，然後一起聽歌，直到生命盡頭。

當劇本讀到這裡，小風感到自己的呼吸幾乎停止。

這劇本為什麼知道小風自己內心最深處的願望？真的就是她，想再次見到琴，然後一起聽歌，直到生命盡頭。

「這新導演真不要命啦，所以你要我演的角色，就是那位心絞痛的女孩嗎？」小風輕輕笑了，「竟敢把腦筋動到金主頭上啦，呵。」

「那，我就勉為其難的答應你一次吧。」

陰界。

四個人，正朝著貓街快速前進。

為了更快速抵達貓街，四個人各自選了自己最拿手的移動方式，莫言自然是溜冰般的收納袋鞋，柏騎上嘯風犬，琴跳上陸行鳥阿勝，而解神女呢？則由琴載著一同前進。

「貓街快到了。」當琴抬頭看向天空，此刻的天空蔚藍，周圍的景物也慢慢從政府附近的筆直街道與高樓大廈，變了模樣。

房子矮了，彎巷多了，幾棵老樹遮了天空，路上的陰魂不再是西裝筆挺或是珠光寶氣，而變得更加隨意，短褲短袖，彷彿進入一個更隨性自在的空間。

琴知道，貓街快到了。

貓街可以說是一個不被管轄的化外之境，這裡沒有政府，也沒有黑幫，這裡最強大的勢力只有一個，那就是貓群。

貓聚成群，成為一街。

貓群危險且強大，陰魂勢力難以插手，久而久之，這裡也吸引了許多不願受到束縛的陰魂，他們可能是逃犯，可能是怪人，但他們都有一個共通點，通常都有點本事，才能住在這裡。

而貓街中的群貓，之所以能維持族群的力量，歸功於內部階級分明，除了一般的貓陰獸外，還有數十隻A級陰獸黑鬍貓，再往上是三隻擁有超過三百歲壽命的白鬍貓，暹羅貓、緬因貓，以及日本短尾貓。

而且琴還聽說過，這群貓的豐功偉業可不只瓦解鼠窟而已，牠們連政府都敢惹，前陣子警察局遭攻破，甲級天魁星無道被打到重傷，也是這貓街幹的好事。

所以，琴她們來找貓街幫忙，多少有點緊張，更何況，這貓街之主還是位列十二陰獸中的夜影。

「到了。」琴察覺到她胯下的陸行鳥阿勝，腳步放慢了。

放慢的原因是阿勝縱然也是百大陰獸中之一，但牠很清楚，前方棲息著位階比牠更高的陰獸。

相反的，柏的嘯風犬則齜牙咧嘴，對貓街展現了強大的敵意，因為牠也同樣知道，貓街之中，有足以和自己匹敵的怪物。

「我到這裡就好。」柏見到嘯風犬如此緊張，他清楚若硬闖入貓街，勢必引發一場大戰，他在一條貓狗中間的隱形界線前停了下來。

「我也是。」莫言朝四方觀察，這貓街四邊都是老舊平房，看似樸實無華，實則建築錯落有致，陰影交疊，如果有貓群藏身其中，絕對是易守難攻，難怪多年以來政府始終沒拿下貓街。

「好。」琴反而沒有柏與莫言這麼戒慎緊張，她一派輕鬆，還拉著解神女的手，開心地往前走著。

「快進去吧，小心，別讓貓咬掉妳的頭。」莫言口裡吐出的言語雖壞，但卻可見其擔心之情。

「你才是，如果政府來了，別讓黑白無常做成黑白切。」琴吐了吐舌頭，她知道莫言就是嘴壞。

琴和解神女緩步前進，走到一半，解神女突然咦的一聲。

「怎麼？」琴停步。

「有貓。」解神女雖然不善戰鬥，但對道行的敏感度不低。

同時間，整條貓街的各處，包括牆角的陰影，建築的窗內，垃圾桶後的角落，浮現了一雙又一雙圓瞳的眼睛。

「這是當然，貓街的貓群老早就在監視我們了。」琴依然大剌剌地往前走著，「畢竟牠們不確定我們的來意。」

「那該怎麼辦？」解神女呼吸微微急促。

「嗯，要和貓群打好關係，我們得從第一步開始。」

「第一步？」

「那就是，」琴瞇起眼睛笑了，此刻她的表情竟然有那麼一點貓咪的味道。「以『零食』示好。」

「啊，可我身上沒有貓食，妳有……？」

「我當然也沒有啊。」

「沒有？那要怎麼……」

「我們身上沒有，並不表示這個城市沒有喔。」琴回過頭，舉起手上的手機搖了搖，露出有著虎牙的調皮笑容。

「啊？」

「有了硬幫幫，整個城市都是我的咖啡館啊。」琴手機畫面上，突然發出叮叮咚咚的聲音，一個接著一個訂餐畫面開始不斷跳出。

「啊，妳訂了什麼？」

琴笑而不語，數分鐘後，這條街的四面八方都傳來了輕巧的鳥足聲，當解神女抬頭，她不禁臉露驚喜。

因為，一隻又一隻的陸行鳥，竟從貓街兩旁的建築物上出現。

陸行鳥背上都載著一位送貨員，只見他們俐落地跳下，手裡更拿著一個和水桶般大的超大罐頭。

「陰界限定大貓罐頭，深海百鱗甜嫩蝦。」送貨員來到琴的面前，語氣莊重，低身將手上罐頭的拉環打開，罐頭一開，頓時散發出濃濃的蝦子香氣，然後他對琴一個鞠躬，又俐落地跳回陸行鳥上，轉身就走。

正當解神女還沉浸在滿滿的鮮蝦濃香時，第二個送貨員已經到了琴的面前。

「陰界限定大貓罐頭，千變萬化迷人貓零食拼盤。」第二個送貨員也打開了罐頭，罐頭中散發薄薄的七彩光芒，光芒中是各式各樣的零食，這可是不只會讓貓咪，而是連孩童都會為之瘋狂的零食之海啊。

就在解神女還訝異於這如海的彩色零食之時，第三個送貨員也跳下了陸行鳥。

「陰界限定大貓罐頭，巒巒起司山。」第三個送貨員一掀開手上的罐頭，裡面射出一道筆直的金黃光芒，緊接著起司的飽和香氣湧溢而出，讓解神女聞到都有些醉了。

第四個送貨員跟上，他戴著厚厚口罩，拉開了罐頭。

「陰界限定大貓罐頭，保存七十七年之深沉酸奶。」罐頭一開，酸奶獨特的氣味四散開來，這氣味會刺激唾液，解神女除了自己吞了吞口水，更可感覺周圍的圓瞳眼睛，變得更近了。

等等，貓群，正在靠近？

解神女微微側頭，不知道何時貓群竟然已經在她背後，尾巴高高舉起，慢慢地梭巡著。

「貓咪應該全部被引過來了，為什麼牠們還不衝上來呢？」解神女感受著來自四面八方的貓群靈壓，她低聲問道。

「貓街之所以強大，就是因為牠們階級分明。」琴的面前，已經擺滿了罐頭，罐頭的氣味主宰整個貓街的空氣。「牠們想吃的欲望尚未衝破階級意識，所以還不敢衝上來。」

「那該怎麼衝破階級意識？」

「得看看這最後一個貓罐頭，夠不夠力了。」琴一笑，抬頭看向最後的送貨員，這送貨員手上的罐頭小了一號，只有個小鍋大小。「這一罐，可是我特別請老朋友製作的。」

這最後送貨員雙手捧著，慎重地將這一罐放到琴的面前，而琴接過這罐頭，然後親自以食指鉤住扣環。

跟著，往上用力一拉。

「陰界限定大貓罐頭，周娘特製貓食牛肉！」

周娘特製貓食牛肉？解神女剎那間眼睛睜大。

貓這生物，原本就是來自草原的霸主，肉才是牠們的最愛，如今又是周娘親自調味，牛肉氣味豈止飽滿，簡直就是融合上天下海的各路美味，天上的鶴鶉，地面的安格斯牛，海底的油脂黑鮪，在周娘手下誕生出最華麗燦爛的貓食。

這罐頭一開，解神女先是聞到了讓她飢餓發軟的濃郁香氣，然後，她聽到了背後傳來上百聲密密麻麻的急促喵叫聲。

然後，上百隻貓影，迅捷地，瘋狂地，飢腸轆轆地，從貓街每個角落竄來。

牠們同時撲向了琴前方那最小的一個罐頭。

正是這一罐，周娘特製貓食牛肉。

「這就是妳問的，何時貓咪會出來？那就是……」群貓氣勢驚人，有如滔滔大浪，琴往後退一步，露出微笑。「當欲望超越階級意識的瞬間。」

「好驚人。」解神女娟秀的五官滿是吃驚，眼睛睜得大大的。

因為她的眼前是數百隻貓咪的潮流，橘色的、黑白的、純白的、粉紅的、黑色的、深紫的，這是美麗而豪華的毛茸茸貓之海啊。

解神女看得好想整個人撲上去，去抱抱每一隻貓咪喔。

「不過，會被食物欲望驅動，只是黑鬍貓和一般的貓。」琴神情得意，看著眼前上百隻湧動的群貓。「下一步，我們得想辦法引出百大陰獸排行六十多的白鬍貓。」

「那怎麼引？」

「得用更高深的招式了。」琴左手舉起，手一翻，掌心已經握著她最強兵器伙伴，雷弦。

「等等，妳要電貓？」解神女眼睛大睜。

「哈哈，誰敢在貓街電貓啊？」琴大笑，左手的雷弦開始輕輕搖動，同時間，雷弦尖端開始綻放一條條細絲般的電能。

細絲電能往外散開，如柳絮擺動，伴隨著琴手的搖動，電能柳絮盤旋展開，更帶著粉紅、粉藍與粉黃等七彩顏色，炫目又不帶傷害性。

「那這是？」看著琴手中雷弦，解神女發現自己的眼睛，竟不自覺地追著雷弦上細細的柳絮電能，每次晃動，都微微地帶起解神女的情緒。

「這是我自製的，」琴露齒一笑，迷人且可愛。「電力線逗貓棒啊。」

「逗貓棒？」

「對，而且以我十大神兵雷弦為底，電光華麗，這逗貓棒絕對是陰界第一！」琴高舉手上雷弦，搖動著。

如柳絮般的電能，順著琴的動作，在貓街的天空一下一下搖動。

解神女更發現，隨著雷弦逗貓棒搖動一下，現場所有的貓群都抬起頭，頭也跟著晃動一下。

當琴的雷弦往前，群貓的眼睛與頭，也跟著往前。

當琴的雷弦往後，群貓的眼睛與頭，也跟著往後。

數百隻大大小小橘色黑色白色群貓，一起上下左右擺著同樣的動作，實在太療癒了啊啊啊。

「好喔，準備加快啦。」琴笑著，雙手用力一握雷弦，甩動加速起來，甩力越強，電力隨之增強，帶動整個貓街天空雲朵與雷電閃爍，帶著一股迷人節奏，甚至讓群貓忘記美食，一起高速轉動頭顱。

這奇異而魔幻的光影節奏，連解神女都心蕩神馳。

「再快！」琴電力再加，速度再快，雷弦逗貓棒瘋狂輸出，甚至引動天地之氣，群貓甩頭速度更快，甚至有幾隻嘴角已流下唾液，就要昏厥。

但即使就要昏厥，仍堅持不肯移開雙眼，仍不斷擺動頭顱。

「白鬍貓！還不出來嗎？」琴大叫，「再加速！」

雷弦再次加速，電能如大浪甩動，甩得天空色彩繽紛，重雲滾滾捲動，動人心魄，就連解神女的道行都快要無法支撐時……

她聽到了，貓街中傳來了三聲貓叫。

僅僅是三聲貓叫，喵，喵，喵，竟然震得貓街微微震動，空氣都為之破碎。

「暹羅，緬因、日本短尾，鼠窟一別，已是多年不見……」琴笑著，「終於等到你們啦。」

在琴的笑聲中，三隻如閃電般的貓影，從貓街建築屋頂、街道角落，以及房子窗戶中猛然落了下來。

身體流線速度快速的暹羅貓，源自北美雄壯的緬因貓，還有看似溫和高貴其實戰力最高的日本短尾貓，牠們同時撲向琴手上的雷弦。

「收。」琴瞬間手一晃，滿天電能頓時收斂，縮回雷弦，成了尺寸剛好的逗貓棒。

隨著雷弦電能縮小，三隻兇猛的白鬍貓也一起化身小貓，圍著琴，伸出爪子，玩鬧撲跳著雷弦。

「這三隻白鬍貓，道行好高，是百大陰獸！」解神女低聲歡呼，「琴妳也太厲害，竟然連牠們都馴服了！」

「還沒呢。」琴盤腿坐下，同時搖晃著手上的雷弦逗貓棒，逗著貓群，剩下的貓則大快朵頤地吃著滿地的貓罐頭。「貓街的老大還沒出來。」

「貓食和逗貓棒都用了，還有其他辦法嗎？」

「沒有嘍。」琴笑，「我就這兩招而已，只是最後一隻貓夜影，隸屬十二陰獸之一，我所有的招式都對牠沒用。」

「所以？」

「只能等了。」琴找了一個乾淨舒適的地方坐了下來，還拿起手機開始點餐。「我們有三天時間，就等等看夜影願不願意出來了？對了，妳午餐想吃什麼？我們來點硬幫幫外送，放心，我請客。」

貓街外，天空很藍，兩個男人在地上找了塊石磚，隨意地坐著。

「你跟著琴很久了吧？」少言的柏，罕見的先開口了。「莫言。」

「什麼跟著琴，呸，是她黏著我好嗎？」莫言看著天空，「很久了吧，從她一開始進入陰界，我用袋子把她抓起來，孽緣就甩不掉了。」

「原來如此，我在陽世就認識她了。」柏說著，「沒想到到了陰界還會碰頭，而且不只如此，原來在更早之前，我們都還在陰界的時候，就已經遇過了。」

「所以你和我一樣，都和這女孩充滿孽緣啊。」

「是啊。」

「不過，其實也不錯啦，比起遇到她之前的時光，現在的陰界有趣很多。」

「有趣？原來你是這樣想的啊。」柏轉頭看著莫言。

「你難道不是這樣想嗎？」莫言笑，「只要她在，風風火火的一堆事，然後莫名其妙的陰界就被她改變了。」

「是啊。確實就這樣，這就是她啊。」柏也微笑。

「等等，一會再聊，有人來了。」莫言目光移動，見到兩個警察正慢慢騎著兩頭機車造型的鐵蝸牛，往此處靠近。

「喂，那兩個。」其中一個警察年紀較輕，看起來道行普普，但一副老大模樣，對著莫言和柏兩人頤指氣使。「坐在這裡幹嘛，我要臨檢。」

「臨檢？」莫言和柏互看一眼，因為莫言正被通緝，加上他光頭也算一個明顯特徵，於是他默默地把斗篷戴到頭上，就退到了柏的背後。

「為何臨檢？」柏往前站了一步，詢問道。

「臨檢就臨檢，問這麼多幹嘛？」年輕警察看著柏，一副瞧不起人的嘴臉。「叫什麼名字？幹嘛在貓街前面遊蕩？」

「柏。」柏回答。

「伯？你是老阿伯喔？」年輕警察說了一個自己才聽得懂的笑話，同時另外一個年紀較長的警察也過來，看了幾眼柏。

「怎麼樣？」這老警察身材微胖，嘴臉同樣瞧不起人。

「應該不是，通緝令上的資料，一個是二十幾歲的長髮女孩，一個是光頭的高個子，這人不像。」年輕警察低聲對老警察報告。

「是喔。」老警察眼睛瞇起，他看起來老狐狸得多。「那後面那個呢？」

「我朋友。」柏呼吸微微繃緊，但語氣仍維持冷淡。「他得了病，魂魄虛弱，照不得陽光，所以需斗篷蓋頭。」

「是嗎？我管你照到陽光就死，給我把頭罩拿下來！現在！」年輕警察一副惡霸模樣，一手舉高警棍，另一手就要去拉莫言的斗篷。

「別這樣。」柏抓住了年輕警察的手，並在年輕警察耳邊說了一句：「我是柏，政府破軍殿之主。」

「破軍殿之主？你是主星？我還太陰星月柔勒。」年輕警察正要把手從柏掌心抽起，卻發現他的手竟像被鐵箍抓住，動也不動。

同時間，他更感覺到一陣強風，從柏身上轟然吹出，強大風壓瞬間襲來，吹得年輕警察整張臉皮歪臉斜，牙齒格格打顫，雙眼久久無法睜開。

當風終於散去，柏的聲音在年輕警察耳邊響起。「懂了嗎？操縱風就是我破軍的技。」

「是，是，是。」年輕警察全身顫抖，而老警察見狀急忙拉住年輕警察，把他往後拖。

「原來是破軍殿之主，哈哈，是我們搞不清楚狀況，哈哈，我們立刻滾。」老警察邊退邊鞠躬。

「哼。」柏冷冷地看著這兩個警察一邊哈腰道歉，一邊跨上了機車型態的鐵蝸牛。

突然，柏感到背後一股道行陡然升起，他急忙轉頭，卻見到一透明如箭的收納袋從他側邊，急射了出去。

「啊，糟糕，我們被發現了！」兩個警察大叫，急忙跳上機車，並用力拍打鐵蝸牛，鐵蝸牛放出如雷巨屁，就要往前衝刺。

但鐵蝸牛還沒成功加速，就陡然被收納袋捲住，只見收納袋如一隻飢餓的巨型水母在空中高速旋轉扭動，眨眼間，就硬生生將鐵蝸牛和年輕警察吞噬殆盡。

另一個老警察騎著鐵蝸牛已經往前衝出，同時大吼：「真的像黑白無常老大說的，只要找到破軍，就能找到……」

然後下一秒，他眼前的世界突然暗下。

然後在一片模糊的黑暗中，他看見了自己竟被人舉了起來，而前方有一雙巨大無比的眼睛，那眼睛還戴著墨鏡。

老警察驚駭，因為他明白眼前哪裡是什麼巨人？是他自己變小了，小到被裝進了收納袋了！

「歡迎進入我的收納袋啊。」那眼睛主人露出一抹邪笑，「對了，我自我介紹一下，我啊，就是你們在找的莫言。」

柏看著莫言手上的收納袋，忍不住讓他想起了夜市的撈金魚。「莫言，所以警察早就盯上我了？」

「是。」莫言冷笑一聲，「太嫩了，剛剛如果直接放他們走，十分鐘後就是上百名警察來包圍這裡了。」

「嗯。」柏皺著眉頭。他還是太嫩了嗎？

「不過，其實也快了。」莫言再次坐了下來，甚至把手枕在腦後，一副舒服等待的模樣。「因為警察系統遲早會發現他們少了兩個低級巡警，然後派更多人來調查貓街的。」

「那該怎麼辦？」

「繼續抓啊。」莫言微微一笑，「來幾隻抓幾隻，把時間拖過去，直到警察系統傾巢而出為止。」

「拖到何時？」

「當然是拖到……」莫言眼角餘光瞄向貓街，那老舊晦暗的貓之巢穴。「琴那傻姑娘，把貓街之主夜影請出來為止。」

貓街內部。

琴和解神女還在等。

此刻她們周圍的貓罐頭已經被吃了大半，群貓似乎也已經習慣了她們的存在，有的躺在她們腳上，有的趴在她們背上，有的則在附近悠然散步。

其中，三隻白鬍貓中則更是大刺刺地把琴盤腿而坐的大腿，當成牠們的軟墊，舒服地躺著。

「看樣子，白鬍貓都認同我們了。」琴撫摸著緬因貓的長毛，在強大的道行浸潤下，貓毛質感舒柔，讓琴愛不釋手。

「對啊，但夜影始終沒有出來。」解神女輕嘆一聲，此刻另外一隻白鬍貓暹羅貓正拱著背，任憑解神女撫摸。

「別嘆氣，夜影是老大，牠沒那麼容易馴服的。」琴閉著眼，一臉怡然自得。「怕就怕，政府大軍找上貓街，把這裡打得一片混亂。」

「那到時候怎麼辦？」

「我們有柏和莫言。」琴微笑，「他們擋得住的。」

「也是。」解神女輕笑，「讓男生服務一下，也不錯。」

「是啊。」

而貓街之外呢？

此刻莫言收納袋裡頭的陰界警察數目，正在快速增加。

因為當警察系統互相支援，他們一開始發現兩位巡警失去聯繫，本來只覺得他們又是偷懶開小差，所以又派了位階更高的兩位巡警，沿著巡邏路線再搜查一次。

但兩個小時過後，卻赫然發現，竟然這兩個巡警也沒有回報，消失地點就是在貓街附近。

「難道貓街又出事了嗎？」警察們對貓街可說是戒慎恐懼，畢竟當時直接打穿警察大樓的，正是這些發狂起來，見人吃人見警殺警的群貓。

只是，警察也感到納悶，貓街若騷動，群貓離巢，會有居民通報，但此刻的通報卻是異常安穩，只聽說有幾批人叫了外賣進去貓街，好像打算在裡面野餐。

在貓街中吃飯乍聽之下很扯，但陰界確實有些不怕死的網紅會幹這些事，他們會在貓街邊直播邊吃午餐。

網紅們直播吃午餐的地方可不少，例如暗黑巴別塔上邊格鬥邊吃午餐，結局通常是網紅眼睛上多了好幾個黑圈，然後午餐被從肚子裡面揍出來。

也有網紅去颱風中吃午餐，颱風是風系陰獸的盤據地，只見他們邊跑後面還追著竹蜻蜓或是米粉怪，到底是在看他們吃午餐還是看他們跑步，粉絲們已經搞不清楚了。

警察系統並未接到任何貓街的警示，但巡警們又接連在貓街附近消失？他們決定派出更多警力，以不打草驚蛇的方式靠近貓街。

而當將近十位巡警到達貓街門口時，他們看見坐在貓街外，看似百無聊賴的兩個男子。

「果然又來了。」一個男子身材精壯，五官帥氣。「煩不煩啊。」

「來了，就收下吧。」一個穿著斗篷，讓人看不清楚臉孔的男子說。

下一秒，第一個男子周身吹起了狂風，這些風竟將所有警察包圍在內，讓他們難以脫逃。

「等等，發生了什麼事？」「不能離開了！」「這是什麼風？為什麼像一堵牆一樣撞不破？」「等等，除了風以外，你們看上面，上面那是什麼？好大的塑膠袋？像大蛇一樣！」「塑膠袋朝我們過來了，要把我們吞掉了啊啊啊啊啊。」

「什麼塑膠袋！」斗篷男子聲音帶著怒氣。「我是收納袋，收，納，袋好嗎？」

說完，這巨大如蛇的收納袋，張開大嘴，氣勢萬千地衝向十名警察，當牠身體滑溜溜地游過這些警察時……地面上已空無一人了。

「十個巡警，最高危險等級二，完食。」莫言單手半舉，操縱著這收納袋之蛇，有如一名指揮家。

「……」柏看著莫言，沉思著，他當年曾與莫言和橫財交手，他自認清楚莫言的實力，當年莫言雖然強橫，但操縱收納袋可沒這麼輕鬆寫意。

看樣子，莫言這些年跟著琴四處遊歷，實力可提升了不止一翻。

幸好這莫言此刻是伙伴，如果是敵人，那絕對是一個可畏的對手。

「他們派來的警察實力越來越強，而且數目越來越多了。」莫言看著手上的收納袋，裡頭不知所措的陰界警察們，真的很像夜市的撈金魚。「那表示……」

「接下來會越來越強，而且……」柏轉了轉脖子，發出輕微卡卡的聲音。「主力部隊就要到了。」

「正是。」莫言再次坐回了路旁的磚石，「希望貓街裡頭的女孩們，動作快些了。」

然後，半小時後，就證明了莫言與柏的預測完全正確。

下次來臨的陰界警察，數目已經破百，而且不只巡警，更高階更危險的刑警與特警也來了。

他們帶著十餘隻鐵蝸牛，帶著要壓制貓街暴動的氣勢，浩浩蕩蕩朝這裡而來。

只是他們終究沒有抵達貓街，因為路途之上，有兩個男人擋住了他們。

有我破軍柏，與擎羊莫言在此，誰敢通過！

貓街之中，琴盤腿而坐，而旁邊的解神女也許是因為等待漫長，開始輕輕哼唱起曲子。

「解神曲？咦，不是？」琴聽慣了解神女的解神曲，但此刻卻聽到截然不同的歌曲。

「蒹葭蒼蒼，白露為霜。所謂伊人，在水一方。溯洄從之，道阻且長。溯游從之，宛在水中央。

蒹葭萋萋，白露未晞。所謂伊人，在水之湄。溯洄從之，道阻且躋。溯游從之，宛在水中坻。

蒹葭采采，白露未已。所謂伊人，在水之涘。溯洄從之，道阻且右。溯游從之，宛在水中沚。」

「好好聽喔！這是詩經的〈蒹葭〉嗎？所謂伊人，在水一方。」琴聽得是如痴如醉，「這和之前解神曲不太一樣，解神曲句句隱含道行，潛入經脈，治療舊傷，但這一首〈蒹葭〉唱到『所謂伊人，在水一方』唱出款款思念，真好聽。」

「呵呵，妳知道〈蒹葭〉啊？」解神女臉上微紅，「除了解神曲之外，我就最喜歡這首。」

「我想再聽一次！」琴拉住解神女的手，語帶撒嬌。

「好喔。」解神女深深一口氣，又開始輕輕唱了起來。

所謂伊人，在水一方，原本是君主對賢者的渴望，如今在解神女的溫柔清唱中，卻是對思念之人那款款的想念。

而就在解神女唱到一半，忽然，她發現眼前的琴眼睛瞇起，嘴角勾起，露出好像小貓般可愛的表情。

解神女正訝異於琴為何做出這樣的表情，卻見到琴將食指放在唇邊，小聲地說：「繼續唱喔，因為，貓……來了。」

貓來了？

解神女盡量維持原本的腔調與音量唱著，果然，在這古老的貓街深處，一個小巧的貓影，正緩慢地露出了一點身形。

好小喔，牠就是貓街之主？

「原來貓街之主喜歡聽歌啊。」琴瞇著眼，表情雀躍。「是不是曾經跟隨過喜歡唱歌的人呢？」

優美悅耳的解神女歌聲中，貓街之主已然現身，這場誘貓大作戰，終於接近了尾聲。

當貓街內歌曲悠揚，貓街之外，戰鬥則是越演越烈，數百名陰界警察帶著兵器，騎著鐵蝸牛，聲勢浩大地朝著貓街這頭猛撞而來。

但他們卻過不了地上的一條線，這條線由地面垂直往上，是一堵氣勢森嚴的風牆。

「此風牆名為九降，乃是我收集了陰界九降之風，重達上萬噸氣壓，費時百日製作而成。」一柏，這條風線的操縱者，如今全身在暴風包圍下，操縱著直上天際的巨大直立風牆。「以風為牆，可以斷去路！」

風牆在前，上百警察們都無法穿過，他們怒吼著，打出各式各樣的道行招式，全被這筆直的風牆所阻擋。

這座風牆，甚至將貓街整個包圍，斷絕所有地上走獸與天上飛禽。

而風牆的操縱者，正是破軍柏，他隻身立於風牆之前，不只操縱風牆，更從手中甩出一枚又一枚的風彈。

「以風為彈，可以滅來兵！」

風彈無形無體，乃是空氣壓縮而成，一觸到陰界警察立刻爆開，雖然不至於燃起烈焰，卻有著不遜於火焰的瞬間爆發力。

風彈一爆，就是數名陰界警察如花朵般往外彈開，身上衣服碎裂，意識更是被轟到一片空白。

「破軍，看你玩風，玩得挺過癮的啊，我神偷也手癢了起來了嘿。」看著柏橫掃戰場，另一個高手莫言，也悄然出手了。

在這片被風牆和風彈搞到七葷八素的陰界警察中，突然傳出陣陣怒吼與尖叫，因為一條又巨大透明的收納袋之龍，正在人群中威風凜凜地穿梭著。

不只穿梭，收納袋之龍的袋口一開一闔，就是一個陰界警察消失了蹤跡，彷彿被吞入了無聲世界。

收納袋蜿蜒吞噬，眨眼間吞食了近三成的陰界警察。以風牆保護貓街，以收納袋之龍消耗對方兵力，這場戰役若繼續發展下去，不用五分鐘就會結束。

不過，真是如此容易結束嗎？

這一剎那，柏突然眉頭皺起，他感覺到風牆陡然顫動，竟被一股古怪但強大的力量扭動起來，牆面越扭越彎曲，越扭越彎曲……到最後，風牆的風竟被扭成了漩渦。

轟的一聲，破了。

「以驚人的轉力，直接扭破風牆？」柏著實吃了一驚，雙手同時往前，數十枚風彈全部射向了眼前的扭力中心。

那處，有個男人，身穿黑色運動外套，背後有著紅色公牛圖騰，大手正牽著一名小女孩，傲然立於此地。

他昂首而立，周身外全部都是一個個大小不等的漩渦，每個漩渦都在轉動著，當風彈一撞上漩渦，就被扭成古怪的形狀，然後順勢甩開，連爆炸都來不及。

數十枚風彈投向這男人，全被彈開，竟無一枚能傷到這男人。

「群貓啊，當年你們衝入警局，殺警擄人！」這男人嘴角揚起，霸氣十足，聲音如雷貫耳。「今天換到我天魁星無道，率眾兄弟來拜訪貓街啦！」

天魁星無道！

柏這段時間久居於政府，自然聽過此名，警察系統除貪狼以下第一人，特警之長天魁星無道。

而他身邊總是帶著一個能隨時烹調肉圓的小女孩，女孩的肉圓能助無道快速恢復道行與傷勢，等於是他擁有第二條命的機會。

「原來是愛穿公牛隊外套的無道？你那件公牛隊外套，網路上有人出價二十萬，總有天會被我偷到手。」莫言一邊說，一邊操縱遠處的收納袋，這條收納袋小龍盤桓捲動，就要從後方攻擊無道。

但收納袋小龍尚未靠近無道，忽然間，人群中一個臉孔都藏在警帽下的人，忽然露出獰笑，解開警察制服第一枚釦子。

釦子一開，裡頭竟然嗡的一聲，飛出大團的蟲子。

蟲子啪啪啪啪全黏上收納袋龍，瞬間把收納袋之龍黏成密密麻麻的黑色，不只如此，蟲子更開始啃咬收納袋之龍的身軀，龍不斷翻騰，試圖甩開萬蟲，但屢屢失敗，龍體竟被咬到破碎瓦解。

「以蟲吃龍，和老天爺借膽了啊。」莫言不怒反笑，手再揮，只見他掌心綻放燦燦白光，竟是另外一條收納袋之龍從他掌心飛騰而出。

此龍不斷往前飛去，飛行時牠張開了嘴，越是往前飛，嘴巴就張開得越大……大到後來，竟然已經是數十公尺的正大圓，遠比身體半徑還要大上十倍有餘。

這條龍，看上去更像一個超大型漏斗，漏嘴處正是無所不吞的龍嘴。

龍嘴眨眼之間已經逼近了第一隻收納袋之龍，以及正盤繞撕咬龍的蟲群。

「收。」莫言右拳一握，龍嘴倏然閉合。

第一隻龍與千百蟲群，全部被大龍嘴一口吞入。

蟲群雖多但全部集中在第一隻收納袋之龍上，反而逃無可逃，一口就被吃得乾乾淨淨。

「操蟲師！給我出來！」莫言手一握，第二頭龍在空中翻滾，朝著前方的人群撲了下去。

「唉啊啊，被發現了啊。」剛剛那個帽簷壓低的男人發出乾笑，從人群中竄了出來，而龍毫不客氣撞入人群之中，直追而上，只聽到沿路不斷傳出警察大叫，因為他們全被這頭大龍順口吃了進去。

龍不斷地追，而男人不斷地跑，眼看收納袋之龍的大嘴就要一口吞掉這男人時，他手抓住胸口所有的鈕釦，一口氣用力扯開。

嗡的一聲，這次飛出的不是漫天的小黑蟲，而是一隻全身發著寶石紅光，美麗又強壯的天牛。

天牛振翅回飛，正面撞擊收納袋之龍，兩強相撞，在空中展開氣勢萬千的猛烈撞擊。

「紅寶石天牛？等級很高的操蟲師啊。」莫言冷笑，「我記得警察系統中沒有操蟲師，你也不是女獸皇的人，嘿，你是誰？」

「我啊……」

天空的戰爭中，收納袋之龍嘴巴大張，吞下了紅寶石天牛。但收納之龍卻一點勝利的時間都沒有，因為牠扭動了兩下，突然啪的一聲，龍腹破開一條大縫，竟是被紅寶石天牛銳利的翅膀從內部割開，然後嗡的一聲，紅寶石天牛帶著一大群蟲子飛了出來。

「這等身手……」莫言見到收納袋之龍身形破碎，神情依然冷靜。「你是十隻猴子吧？也來湊熱鬧？」

「嘿，我叫基努。」男人抬起了頭，露出帽簷之下，那俊俏頹廢，卻又透著陰險的雙眼。「告訴你一個好消息，我只是今天到此地的『其中一隻猴子』而已。」

「其中一隻？」莫言先是一愣，隨即笑了。「好樣的，你們今天準備得很充分啊……」

就在莫言冷笑的同時，他感覺到了脖子上一股涼意飄過，如冬天的霜風吹拂，輕柔之中，卻帶著讓莫言寒毛倒豎的恐怖與熟悉感。

「對。」一女子聲音從莫言的背後傳來，語調竟與琴有些相仿。「今日來的猴子還有我呦，你的老朋友，甲級化忌星，霜。」

第七章・最強也最弱的羈絆

陽世。

「就準備在這裡拍攝了嗎？」阿龍和小萬左顧右盼。

「對！這裡確實是我夢中的場景。」新導演語氣興奮，「老舊的街道，有點破舊的建築，明明陽光普照卻帶有一點晦暗的氛圍，實在很棒。」

「這裡喔……」小萬看著這裡，「我提出拍攝申請，倒是很快就通過了，不過，導演，你是怎麼找到這裡的啊？」

小萬什麼都沒有說，但她忍不住訝異著，因為這裡的氛圍很特殊，小萬從事拍攝這一行也好些年了，各式各樣的場地勘查也做了不少，連她都打從心底覺得這條街真的不太一樣。

明明陽光普照，有些地方的陰影卻深暗到像是從未被陽光曬過，空氣中總飄散著微微的冷意，彷彿是從另外一個世界漏過來的空氣。

這條街道不該存於現世，它是一道交界，介於陰與陽之間。

小萬不禁苦笑，為什麼自己能聯想到這麼多地方？明明就是一條老舊的街道而已啊。

「怎麼找到的？就冥冥中注定啊。」新導演語氣興奮，「我夢中出現類似的景，然後我就騎摩托車在附近繞，突然繞到這裡了。」

「因為，星星們總是會互相吸引嗎？」

「啊？小萁，妳說什麼？」

「沒事沒事，這不是你準備的台詞嗎？啊。」忽然，小萁仰起頭，聲音中帶著驚喜。「貓？這裡有貓耶。」

「是嗎？對耶，這裡好多貓。」新導演左右看了一下，「妳喜歡貓嗎？」

「喜歡。」小萁點頭，「咦，這裡的貓好多。」

而貓群不知道是一開始對新導演和小萁感到陌生，牠們沒有即刻現身，但時間過去，慢慢地一隻貓一隻貓的出現，橘色的、白色的、條紋的，大大圓圓的眼睛，看著兩人。

「嗯，這條街好像是牠們的家。」新導演對著貓群鞠躬，「各位貓咪大大們，我們過一會會來拍攝 MV，打擾你們啦，希望別打斷我們拍攝喔。」

「嘻嘻，你和貓咪說話的樣子，看起來好呆。」小萁笑了。

「一定要的啊。」新導演微笑，「你不知道拍片很講究『打招呼』嗎？」

「對對對。」小萁也學著新導演，對著貓群欠了欠身。「貓咪們，待會就打擾你們啦。」

貓咪看著兩人，沒有騷動，也沒有離開，似乎是安靜地接受了他們的請求。

「那我們回去準備吧。」新導演把東西再次揹在肩上，轉身。

「好。」小黃點頭，「我會把地址再發給大家，兩小時後這裡集合。」

「沒錯。待會見啦。」

陰界。

貓街之中一片平靜，只有解神女的歌聲繚繞，不過她這次唱的是另外一首歌〈桃么〉。

「桃之夭夭，灼灼其華。之子于歸，宜其室家。桃之夭夭，有蕡其實。之子于歸，宜其家室。桃之夭夭，其葉蓁蓁。之子于歸，宜其家人。」

此曲帶著新婚的歡愉，彷彿婚禮前的美好氣氛，華麗燦爛，藉由解神女的溫柔嗓音唱起來，更能凸顯其中細膩之處。

而在〈桃么〉的歌詞旋律帶動下，群貓也翩翩起舞，擺動尾巴，搖動耳朵，三隻白鬍貓更是帶頭在每個歌曲旋律的間歇處，恰恰好發出一聲，喵。

於是，整首歌變成，桃之夭夭，喵～灼灼其華，喵喵～之子于歸，喵啊喵～宜其室家，喵喵喵～桃之夭夭，喵～有蕡其實，喵喵～之子于歸，喵喵～宜其家室，喵啊喵喵～

桃之夭夭，喵喵喵～其葉蓁蓁，喵啊喵喵～呼嚕～之子于歸，喵喵～宜其家人，喵喵喵喵喵喵喵喵喵～

貓咪聲音混入其中，不但一點都不違和，反而增加了一份可愛感，讓人不禁想搖晃身子，張開嘴巴，共同加入這歡樂的和聲中。

而在這氣氛中，貓街之主夜影動也不動，彷彿傾聽著這音樂……

終於，喵。

貓街之主夜影發出細細的一聲貓叫，但聲音卻清澈地傳遍了整個貓街，甚至那些歡樂的歌唱聲都沒能掩蓋它。

接著，貓街之主動了，牠輕輕抬起了貓足，慢慢地朝著琴與解神女的方向，走過來。

華麗熱鬧的音樂聲中，貓街之主的腳步雖然依然沉穩，卻一步步，都踩在音樂的拍子上，朝著解神女而去。

貓街外。

九降風牆，出現裂縫。

在承受了上萬發陰界警察以道行淬鍊而成子彈，在遭受了滿天滿谷的蟲子咬齧，在接受了各方混戰的撞擊，轟然一聲，這堵九降風牆終於破了。

這座柏平日收集了上萬噸氣壓，費時百日製作而成的九降風牆，在無道的最後一擊下，轟然炸開。

九降風牆看似無形無體，卻在崩塌時激起了震動天際的狂風，狂風四散，把道行較低的警察一口氣全震出戰場。

「真過癮啊。」無道大笑，他道行的技就是強烈旋勁，他只要輕輕丟出幾枚螺絲，這些螺絲立刻被他的引力牽引，化成高速旋轉的毀滅子彈，射向他要誅殺的目標。

而此刻，他的目標鎖定了那個男人。

那個放出巨大九降風牆，硬生生阻擋大軍兩個小時的男人，柏。

而柏，似乎也發現無道已經盯上自己，他傲然回身，手握破軍之矛，威風凜凜。

「來。」柏露出毫無畏懼的微笑，「等你呢。」

「哈，也是一個漢子。」無道大笑，手打開，手心是數十枚的銀白螺絲。「我的這一招叫做土星環，透過引力讓物體在我身邊轉動，累積高速後一口氣射出去，為了對你表達敬意，我就直接上大菜啦！十萬轉魔之土星環！」

每秒十萬轉，這可是足以讓跑車在一秒內從靜止到達時速一百公里的引擎轉速，如今被賦予在這雪白銀亮的螺絲上，美麗，但絕對恐怖。

無道手上的銀白螺絲開始緩緩升起，然後咻咻咻地圍繞著他身體轉動，數秒內，就轉上了十萬之速，此時已經看不到它本身形體，而是一條條的戰慄白線。

「原來如此，旋勁賦予螺絲速度，根本就是戰場上的隱形穿甲彈了吧。」柏不驚反笑。

「正是！準備接好了啊！」只見無道手指往前一比，數十條白線陡然改變了軌跡，由圓轉直，陡然直射向了柏。

見到這些白線的威勢，柏不禁讚嘆，這高速螺絲實在危險，若是硬吃了下來，恐怕身體就會當場被穿出一個又一個透明空洞！

在陽世，這樣的高轉速子彈，簡直就是無敵的暗殺兵器，不過，這裡是陰界，以道行和想像力架構而成的黑暗世界，而柏更在這黑暗世界中存活多年，他早就知道該如何應對。

最簡單的方式，就是以暴制暴。

「來啊！看我破軍絕招之……」柏，雙手高舉手上破軍之矛，快速轉動，奮力往前一劈，矛尖已然出現一團圓形黑球，黑球中是高壓濃縮而成的風。「黑！丸！」

黑丸也是一個旋轉體，它雖然僅是排球大小，卻儲存了足以炸毀一棟高樓的暴風，它勢如破竹地往前，飛向了無道。

「要拚是嗎？那來拚拚看啊！」無道大笑，揮動右手，身邊一顆又一顆充滿旋勁的子彈，劃出猛烈白線，射向了眼前這顆黑旋。

轟轟轟轟，密密麻麻如槍林彈雨般的白線，不斷炸向這一大顆黑丸。

但黑丸仍在挺進，在柏背後強大風壓灌注下，黑丸就算體積不斷被炸得縮小，但仍義無反顧地朝著無道方向飛去。

「好。」無道霸氣微笑，雙手往兩旁平舉，有如虔誠者對天空祈福，同時他掌心慢慢浮起兩枚小小螺絲，這兩枚螺絲通體黝黑，與之前銀白螺絲不同，材質更堅硬，透出更濃重的殺氣。

這兩枚黑螺絲一脫離他掌心，立刻猛烈且狂暴地沿著無道身邊旋轉起來，轉速更快，快到黑線已細到如蠶絲般若隱若現。

可是就算如蠶絲般若隱若現，其透出的殺氣反而更為驚駭，那隱隱透出的尖銳摩擦聲，那是彷彿可以切割一切生靈的狠勁。

「六十萬土星環！」無道雙手依然平舉，放聲怒喊。「黑螺絲，去吧！」

同一時間，柏的黑旋也到了，它一路上頂開不斷轟擊的銀灰螺絲，已經來到無道的正前方。

「接招！」柏右手用力往前，灌注最後一道強勁風力，推動滾滾的黑丸，衝向了無道。

「接招！」無道也同時大吼，雙手握拳，兩枚黑色螺絲已經轉到了極限高速，然後跟著軌道甩了出去。

宛如黑流星，一枚黑螺絲撞上巨大的黑丸。

兩大旋轉的黑體，在空中對撞，互相摩擦，互相磨耗，爆出猛烈強風和尖銳的響聲。

一秒過去，柏的黑丸似乎略勝一籌，一點點的壓制了黑螺絲。

「我的黑丸還是厲害一些。」柏正要說話，卻突然噤聲，因為他看見了無道的嘴角，竟在此刻揚起。

「破軍啊，你數學是不是不太好？我剛剛丟了幾顆螺絲出去？」

對，剛剛黑螺絲不是有兩枚嗎？另外一枚黑螺絲呢？

就在同一時間，柏聽到了腦後，傳來那低頻卻又隱約的聲音，從遠處正急遽靠近，那是黑螺絲飛行的聲音！

第二枚黑螺絲，為了完成暗襲而飛了一大圈，如今，已經在柏的腦後了。

媽的，會死。

柏感覺到死亡正在腦後快速逼近，被這黑螺絲射中後腦，腦袋會被當場炸爛的啊！難道，他會死在這貓街之外嗎？

現在唯一的機會，就是將無道交給能克制住他的人，想到這裡，柏開始邁步向前，奔向他的目標。

那個能克制無道的人。

貓街外的戰鬥還有一場，其特色是隱匿與極速，危險程度甚至更甚柏與無道，他們是莫言與霜。

莫言正在擁擠的人群中高速移動，他在逃亡，也在追逐，他目光緊盯人潮中的另外一個身影。

她是霜，長髮披肩，身材高挑，笑起來會有可愛虎牙，外貌有如琴的倒影，多了一分冷豔，她同樣高速在人群中移動，更與莫言驚險對峙。

「收納袋之龍！」莫言在一個人影交錯的空檔，手腕一甩，手上道行凝成一條收納袋小龍，游過人群，來到霜的面前。

同時間，收納袋袋口打開，如小龍張牙舞爪，朝著霜直吞而來。

「什麼收納袋之龍？名字中有個龍就比較厲害嗎？」霜清脆的笑聲傳來。「我說它是收納袋冰棒！」

冰棒？

只見這條收納袋之龍的動作突然暫停，然後全身發藍，冒出陣陣冷氣，最後，霜伸出手指朝著這冰棒一按。

乒乒乓乓，整條收納袋頓時碎裂，落下成一整團晶亮的碎片。

「冰能硬化塑膠，確實有點麻煩啊。」莫言冷哼，轉身，又再次潛入人群之中。

莫言潛行在人群中也非絕對安全，因為這些警察看到莫言，先是一愣，立刻舉起警棍要朝莫言砸下去，但等到他們警棍落了地，才發現莫言已經消失。

莫言就在這些隨時會攻擊他的人群中移動，很快地，他藏在一個大胖個的身後，開始構思下一次攻擊。

但他才停步，忽然發現前方胖警察的耳邊，閃過一抹晶亮藍光。

「冰箭偷襲？」莫言見狀，一個奮力後空翻，同時間，一支快到肉眼難辨的冰箭，已經颼的射入剛剛莫言所在之處。

但莫言雙腳才落地，周圍數十處又閃爍起隱約藍光。

「好樣的，趕盡殺絕的啊妳。」莫言才笑，下一瞬間，數十支冰箭，就這樣從人群的縫隙中射了過來。

前後左右上下，莫言的三百六十度全方位全部都來了冰箭。

「這樣的射箭技巧，可是比我們家的琴厲害十倍啊，喂，霜，妳什麼時候有空，教一教我們家的琴射箭啊？」莫言說話瞬間，冰箭群已經到了莫言的正前方。

而這一次，莫言倒沒有閃避，他右手高舉，手心處已然出現一抹塑膠反光。

「我收，我收，我收收收收收收。」莫言邊打邊退，不斷揮動手中收納袋，肢體有如美妙的武術舞蹈，不斷以收納袋吞下飛馳而來的冰箭。

短短一秒間，收納袋揮動了五五二十五次，也收下了二十五支冰箭。

「以袋收箭，算你有點本事，但你能收多久？」遠方人群，傳來霜的輕笑。

輕笑聲中，冰箭仍不斷穿過人群，從各種刁鑽角度射來。

「看妳想玩多久？我就陪妳玩多久啊。」莫言一方面要對付朝他攻擊的警察，一方面更要提防如鬼魅般的冰箭，他邊打邊逃，邊逃還邊笑著。

「這一箭當真不錯，我哪天叫我家的琴來學學。」

「這箭角度實在刁鑽，妳是如何鑽過眼前這個大胖子的？」

「這箭很講究喔。不過妳得用點力啦，是因為太久沒吃熱食了，所以沒力氣了？」

「啊對我忘了，妳只能吃冰的，因為就算熱食在妳面前也會被妳搞得像是冷凍食品。」

看似驚險的追逐之戰，在莫言的冷嘲熱諷中，竟透出這麼一點游刃有餘的調調。

「莫言，你可以繼續耍嘴皮子。」霜的聲音也從人群中傳來，「你這一路挨打，得找個辦法反擊吧，不然只有逃，怎麼分出勝負？」

莫言仍在人群中游動，不時閃躲從旁而來的警察棍棒，以及自暗處射來的冰箭，同時優雅地舞動收納袋。

「會有辦法吧，妳總會累吧？」

莫言又是一個轉折，他在人群中跑動著，突然，他一個蹲下，躲開了從後腦射來的一記冰箭。

「嘿，累？開玩笑，殺你這麼開心的事情，我精神正好，怎麼會累呢？」霜的聲音傳來。

「那正好，我精神也很好，我們繼續來切磋切磋。」莫言清楚，這霜的運箭方式相當高明，真的不是琴能比擬的，霜的每一箭都帶著心機，變化詭譎，莫言就算有收納袋，也經常接得驚險萬分。

但莫言也慶幸這幾年和琴共同旅行，多少看熟了以箭為武器的攻擊模式，讓莫言對付霜時多了一分從容。

「一直逃，也叫切磋？」

「說的也是。」眨眼間，莫言已經奔跑了整個人群一圈，突然，他停下了腳步。「那我不逃了。」

「幹嘛停步？放棄了？」霜聲音傳來。

「不是，」莫言竟把雙手插在口袋，然後回頭露出他一貫的邪笑。「因為我不打算躲了。」

「喔？」

「因為，我跑了整個人群，就是為了埋下這東西！」莫言這句話說完，他彎腰，伸手拉住地面某物，然後猛力往上一提。「出來啦，超大收納袋！」

「超大收納袋？」霜的聲音透出驚疑。

下一秒，莫言的手越來越高，一大片地面竟跟著滑動起來，這片滑動之下，所有的警察都被震得東倒西歪，接著地面出現一大圈收納袋口，這大口帶著滾滾煙塵快速往上抬升，竟要把一切全部都吞入。

就在莫言大笑之際，卻見到人群之中，有一個身影陡然竄高，竄高速度之快，快到大口收納袋追不上。

這身影纖細苗條，俐落迅捷，這不是霜是誰？

「剛剛一直說我攻擊不到妳？妳這不就自己乖乖出來了嗎？」莫言右手舉起，做出手槍的姿勢，但指尖射出的，卻是一枚快如閃電的透明收納袋。「進來袋子裡吧！」

莫言的地面大口收納袋到小收納袋的突襲，整組攻勢一氣呵成，又快又準，竟讓霜措手不及，被收納袋正面擊中。

「哼。」霜低哼一聲，只見收納袋在空中不斷扭動，眨眼間，就把她整個包覆吞噬。

「收了！」莫言右拳一握，收納袋完全吞噬了霜，袋子變成了拳頭大小，然後輕飄飄地落下。

而莫言則踏著悠閒步伐往前，他伸出手，就要接下這從天落下的收納袋。

收納袋，朝著莫言的手心，慢慢飄落。

慢慢飄落，直到飄到莫言前方，他眼睛卻陡然睜大。

因為他看見了，收納袋口上，竟然出現了一個細長的菱形箭孔。

箭孔？

「好樣的，收納袋竟然收不住妳啊！」莫言怒笑，下一瞬間，箭孔射出冰箭，不偏不倚地射中了莫言胸口。

箭力強勁，帶著莫言身軀往後彈飛，更噴濺了滿天鮮血，而鮮血被冰氣急凍，化成紅藍色雙色冰珠，美麗而戰慄。

「對，你可知道收納袋為何收不住我？」霜的聲音從這收納袋中傳來，伴隨著劈哩啪啦收納袋裂開的聲音，她高挑纖細的身影，傲然而立。

「啊，因為溫度嗎？」莫言不斷後飛，血也往上飛濺。

「對，冰能使收納袋固化，會減低收納袋的能力，稱不上完全破解，但我的能力確實能壓制住你的能力。」霜低頭淺淺微笑，長髮灑落半張臉，與琴相仿的面容，卻多了一股狠勁。「我就在等你自以為擊敗我，完全放鬆的時刻……啊，對了，你不用假裝被我射飛，然後趁機逃走啦，因為……」

卻見霜雙手朝前平舉，背脊挺直，儀態端正，同時挽起了藍色長弓，弓上一支泛著靛色的冰箭，已然成形。

「嘿，被識破啦……」莫言苦笑，果然不再後飛，一個轉身，他雙腳收納袋成鞋，開始全力滑行奔跑。

「因為，我不會給你任何一絲逃跑機會的。」霜倩然一笑，然後，指尖一鬆。

靛色冰箭已然射出。

筆直的，兇猛的，不留任何餘地的，指向了莫言正在奔跑的沾血的寬大背部。

會死。

莫言感覺到那名為「死」的東西，正高速逼近。

第二次，他又輸給了這女人，媽的，是不是長得像琴都是他的剋星，老是被這樣的女孩給搞東搞西？就像是自己明明就是一個任性孤僻的小偷，卻得當硬幫幫副幫主一樣？

當冰箭越來越近，莫言知道，現在唯一的機會，就是將霜交給能克制住她的人，想到這裡，柏開始邁步向前，奔向他的目標。

那個能克制霜的人。

貓街內。

貓街之主終於動了，牠踏著優雅而沉緩的步伐，朝琴與解神女而來。

「我們成功了嗎？」琴語氣興奮，「貓街之主原來喜歡聽歌？」

「嗯。」解神女也連連點頭，她也沒想到自己的歌曲能派上用場。

而貓街之主慢慢地走到了琴與解神女身邊後，懶洋洋地躺下，只是抬起頭，看向了貓街之外。

同時間，琴與解神女也感受到了，貓街正隱隱地震動著。

「這是什麼？」解神女輕聲問，「為什麼我感覺到柏的風牆……潰散了？」

解神女多次為柏治療，對柏的道行流動非常熟悉，所以她能感覺到風牆曾經如碉堡般保護著貓街，但如今這座碉堡已被猛烈的砲火摧毀了。

「貓街外正展開激烈的戰鬥！」琴皺眉，「外頭可是有神偷莫言和破軍柏啊，他們兩個雖然一個嘴巴壞，一個冷得像是笨石頭，但道行都是甲級星以上啊，他們都陷入激戰？」

「而且，風牆還被摧毀了？」

「對，所以貓街外的戰鬥非常危險，若要打開陰界之門，我們得快點……」琴看向了正坐在地上的貓街之主。

明明情勢緊急，但這隻貓卻和所有的貓咪一樣，一副事不關己的樣子，怡然地躺在琴和解神女的腳邊。

還不忘打一個大大的哈欠。

「所以，時間未到嗎？」琴看著貓街之主，她先是閉上眼，深深吸了一口氣，隨即又睜開眼。「解神女，我們好像只能等待了。」

「嗯。」

「等待，然後相信。」琴微微握著拳頭，「相信貓街外那兩個男人，他們會搞定一切，撐到陰陽門開啟的最佳時機。」

「好。」解神女生性恬靜沉穩，她也是一個轉念就收斂了著急的心情。

必須相信外面那兩個男人才行，因為這是他們的承諾，他們一定會保護貓街到最後一刻。

貓街外。

無道操縱著兩枚黑螺絲，一枚與柏的黑丸對耗，而另外一枚，則大繞了一圈，成為奇兵避開了柏的感應，朝著柏的後腦而來。

若被六十萬轉螺絲射中，柏的後腦在瞬間就直接如西瓜般破開，當場成為一尊無頭屍體。

同樣的，莫言與霜捉對廝殺，莫言又再一次敗給了霜，他重傷之後轉身就逃，緊追在他之後的，則是已經是靛色等級的冰之箭。

若真被靛色冰箭射中背部，莫言的內臟恐怕會當場從胸口往外炸開，然後又因為極度低溫而在半空中結凍，化成一個展示人體炸開的冰雕藝術品。

所以，莫言奮力往前奔馳，他以收納袋包覆雙足，然後有如極速滑冰選手往前衝刺。

「你再快，也跑不贏靛色冰箭的！」霜聲音中透著一抹嘲弄，「垂死掙扎而已。」

「是，」莫言狂奔著，「我確實跑不贏靛色冰箭，但我不用跑贏它，我只要在它追上我之前，跑到這個人旁邊就好……」

「這個人旁邊？」

「對，」莫言狂奔著，然後瞬間與某人擦身而過。「就是柏這臭小子這裡！」

「柏？」

這剎那，霜的瞳孔陡然內縮。

因為，一枚黑色風球出現。

那是被擠入上萬氣壓，風力密度高到嚇人的黑色球體。

黑色球體突然出現在靛色冰箭的正前方，接著，噗的一聲，靛色冰箭就這樣直接射入其中。

冰與風，兩股自然力量正面碰撞，原本能凍結萬物的冰，竟然凍不住風，因為冰的天生特性是凝滯與靜止，與不斷飛舞的風屬性相反。

風帶走了溫度，讓低溫遲遲無法形成，當溫度不夠低，霜的冰，竟然就這樣被破解了。

這一下，竟讓七色冰箭中的靛色之箭，竟然在黑丸之中，逐漸褪色，褪成了藍色。

但畢竟是靛色冰箭，回頭消耗了黑丸的能量，黑丸也不斷變小。

「好樣的！」霜笑了，笑得殺氣騰騰。「用風壓制我的冰啊。」

就這樣，霜原本要一擊必殺莫言的招式，竟被柏的黑丸以天生屬性硬是擋下。

但，柏的危機呢？那從遠端飛來要直破柏後腦的黑螺絲呢？

它突然消失了。

取而代之的，是一個被左衝右突的，不斷被扭轉的收納袋。

「轉啊，你以為我的收納袋怕轉嗎？它最愛轉了！」

黑螺絲倚仗的就是其旋勁，但當它被收納袋吞入的同時，那超狂的旋勁，就只能不斷讓收納袋扭轉，扭轉，扭轉……但因為塑膠無限延展的特性，讓旋勁對它完完全全的束手無策。

「還有這種招式？」無道愕然，「我的螺絲，竟然就這樣被破了？」

「交錯的瞬間，互補對方的缺陷，」霜雙手抱胸，露出冷冷笑容。「看樣子，你們兩個默契十足，是極佳的戰鬥搭檔啊。」

「極佳的戰鬥搭檔？」此刻，柏和莫言互看一眼，同時撇開眼睛，更做出極度厭惡對方的表情，異口同聲地說：「誰跟他是最佳搭檔？我呸。」

「我是出手救他好嗎？」莫言比著柏。

「是誰救誰？是誰自己跑來我這的？」而柏同樣比著莫言。

兩人哼的一聲，但又不約而同擺出了可互補的作戰招式，柏在前，莫言在後，一風一收納袋，隱然有攻守兼備，威能倍增的氣勢。

「這兩個人……」看著眼前的莫言與柏，霜依然高傲地抱著胸，眼睛瞇起，彷彿在觀察著什麼稀奇而昂貴的拍賣品。「沒有弱點啊。」

「嗯。」無道道行略低於霜，戰鬥走的是直接對轟的路線，但他可不莽撞，不然他怎麼在警察系統中，成為僅次於貪狼的特警頭目，此刻連他都不敢妄動。「若要真打……」

「我們會贏。」霜慢慢地說著，「但結局我會重傷，而無道你會死。」

「喔。」無道看了一眼藏在遠處的肉圓少女，那是無道每次戰鬥都會帶在身邊的少女，她能以一道香噴噴的現炸肉圓，提供無道一次重傷復活的機會。

「別看肉圓少女，我把她也算進去了。」霜面無表情地說，「不然打到一半你就被莫言的收納袋之龍啃掉手腳，根本無法戰到最後。」

「他們這麼厲害？」

「不是厲害，而是道行相剋是一件麻煩的事，柏的風會壓抑我的冰，而你的迴旋又對付不了收納袋。」霜依然面無表情，這張酷似琴的臉孔不怒不笑，反而有種冰山美人的美麗。「不過最重要的原因倒不是如此……」

「最重要的原因是什麼？」

「是因為我們兩人根本不相信彼此。」霜說，側過頭，斜眼看著無道。「在戰鬥中我們甚至要提防被對方暗算，而他們兩個則完全不同，他們在戰鬥中互相信賴，有著共同的羈絆。」

「喂，霜，講清楚，誰跟他有羈絆？是雞蛋吧！」莫言聞言，忍不住牢騷。

「我也不承認這件事！若真有羈絆，也只是絆腳繩而已。」柏也搖頭，堅定無比。

「放屁！」霜冷冷地說，「你們兩人之間如果沒有信任，不會有剛剛這麼漂亮的合作。」

「剛剛那個哪算合作？我只是想，如果他被殺了，那個愛生氣的琴大概會更生氣吧？」莫言嘆氣。

「我剛剛順手用黑丸擋住妳的箭，也只是覺得後面看到琴哭哭啼啼，會很煩而已。」柏同意。

「原來如此，」霜哼的一聲，「那個叫做琴的女孩，就是你們共同的羈絆啊，有這份來源在，我和無道確實贏不了，那個琴……這麼有魅力啊。」

「不！完全不能同意！尤其是那個琴有魅力這件事！」柏和莫言異口同聲地抗議。

「是嗎？」霜冷哼一聲，忽然她轉頭，發現貓街外的大小石頭竟然一枚一枚地升起，一邊升起一邊旋轉，這顯然是受到無道能力的影響。「無道，你要做什麼？」

「霜啊，妳所說的我完全認同，包括我們兩人無法互相信任，以及我們兩組人的戰力分析。」無道周圍越來越多大石升起，每個石頭都在轉動著，滾滾石頭陣竟把整個貓街外圍完全籠罩，看來頗為令人心驚。

「那你為什麼還要啟動旋力，難道你還要打？」

「不，這不是打，這是要『防止』。」

「防止？防止什麼？」霜神情古怪，她慢慢地退了一步，長年在黑暗與暗殺世界打滾的她，基於直覺，感到不對勁。

「防止你們逃走。」

「逃走？」

「對。」無道笑了，在上千枚大大小小的旋轉石頭之下，他張開了雙手，彷彿在迎接著某個巨大災難降臨的祈求者。「因為我的老大就要來了。」

「老大？」

霜猛然回頭，她看見了，貓街外不知何時出現了兩大群人潮。

有的在地上奔跑，有的腳踩短斧在空中飛行，有的全身綁著鎖鍊，有的身上鈴鐺發出尖銳怪音，人數至少百人起跳，他們臉上凶氣畢露，氣勢洶洶朝著貓街而來，古怪的是，他們的衣著只有兩色，純黑與純白。

「黑與白？」柏倒吸了一口涼氣。

「如此人數，無限分裂？」莫言低沉的聲音透露罕見不安。

「是十四主星！貪狼黑白無常！糟糕！」霜一喊，全身冰氣罩體，有如藍色兵甲，就要衝出貓街。

「別想走啊，我說過，這是防止你們逃走的！」無道握拳，周圍上千枚旋轉大石，交互移動，剛好擋在霜的前面。

霜豈是省油的燈，她冰氣成箭，射中前面幾塊大石，大石碎，道路頓時打開。只是道路才剛打開，缺口處立刻湧入無數黑白無常，他們手拿短斧或是鎖鍊，卡住了霜的去路，更朝她猛力攻來。

「貪狼來就麻煩了。」霜自知難以與貪狼抗衡，她被迫後退，同時間她發現另外兩路也發生同樣戰況。

柏的風刃揮舞，被無道的滾石陣稍微拖延，就立刻被黑白無常給逼了回來。

莫言以收納袋收下滾石，一個空檔，卻差點被貪狼砍中肩膀。

三個人，都被無道的滾石陣拖延了時間，導致最後被從外而來的黑白無常給逼了回來，衝不出去。

「現在，只剩一條路了，」霜畢竟是經歷無數血戰的女子，她一回頭，竟反向往貓街內衝去。「就是貓街！」

「不可進去！」柏見狀大喊，但霜速度如一陣冰風，已吹向了貓街，而同時間，由外而內的數百名黑白無常包圍網急速內縮，也同樣擠向貓街。

「不行，擋不住，我們得跟著一起退入貓街！」莫言以收納袋打掉幾個從空中帶著旋勁墜落的大石，也被逼著往後退。「貓街中只有琴和解神女，我們得進去保護她們。」

「可惡。」柏低聲怒吼，但他知道情勢如此，已經無力回天，於是，他深深吸了一口氣。

好大好大一口氣，吸到柏的雙頰都已經鼓起，然後他張開嘴，放聲大吼。

「貓街裡面的人聽著啊！敵人進去了！」

這句大吼，以柏的風為載體，在滾石陣中高速潛行，穿過一枚枚滾石，甚至追過了急奔的霜，繞過無道的旋勁，穿過黑白無常，如同一股暴風，精確地送入了貓街之中。

而貓街之中。

「貓街裡面的人聽著啊！敵人進去了！」

柏的這聲怒吼，乘著風，化作有形的能量，傳達到每個人的耳中。

「要進來了？」琴和解神女互看一眼，就要起身備戰，但同時間，琴卻發現了貓街之主的反應頗為奇怪。

本應是靈感力最強的貓街之主，卻歪著頭，偏向了另外一方，彷彿聽到了其他聲音。

貓耳顫動，牠在聽什麼？

這聲音，不是來自此刻混亂的陰界，而是陽世。

一個溫柔、可愛，又誠懇的女孩聲音。

「小風學姐，啊，這裡就是我們拍攝的地方嗎？好多貓喔，貓咪好可愛。」

「是啊。」陽世另外一個女子聲音回答，她的聲音天生就令人信賴。「等一下MV開始，別忘了，妳要唱歌喔，小靜。」

陰界，黑白無常大軍攻入貓街，而陽世，音浪翻湧如海嘯，就要登場。

第八章・貓街大戰

陽世。

街道已經完全淨空，人員的配置也完成，機器設備亦安裝妥善，新導演專注地看著攝影機的畫面。

「開始。」

當小靜慢慢走到貓街中央，也同時走入了攝影機的小螢幕中，這一剎那，彷彿某種魔法啟動了。

原本平凡而清亮的陽光午後，在畫面中竟多了一股古老氛圍，空氣彷彿雨後染上了淺淺的棕色，明亮陽光線條與咖啡色雨後並存，讓這一切有如置身兩種世界的奇幻魔境，而劇情也在此刻開始推演。

故事開始，就是小靜失去最好的朋友後，獨自在繁榮的大城市中打拚，她雖然有朋友，更具備歌聲的才能，卻始終無法完成自己的願望，她飄飄蕩蕩，為了生活甚至開始在路邊駐唱。

而另一個失去最好朋友的女主角，由小風飾演，則在故事中展現了她驚人的商業和領袖才華，但越是成功，卻越是孤單，她想念她最好的朋友，在深夜中輾轉難眠。

直到，她們遇到了彼此。

兩人一拍即合，以她們過世的最好朋友為核心，展開了自己的故事。

有小風的幫助，小靜開始有了嶄露頭角的機會，更一點一滴朝著夢想靠近，而小風也在幫助小靜的過程中，填補了自己內心寂寞的空洞，彷彿又回到了老朋友琴的身邊。

然後，就在某一日，當她們工作疲倦，隨意在街上散步，她們走到了一條古老的街道。

街道上有著許多貓，這些貓對小靜非常友善，豈止友善，甚至有些依戀。

但就在這時候，小風突然蹲下。

「怎麼了？」

「心臟。」小風抓著心臟，額頭上都是冷汗。

「妳的心臟又不舒服了。」小靜知道小風有這老毛病，但醫院卻檢查不出什麼，只說小風確實有心臟驟停的風險，也就是說，小風隨時可能會無預警的離開人世。

但這樣的疾病，怎麼可能阻擋天生領袖的小風，她依然每日工作，將自己的才華完全展現。

只是在此一時間，小風突然蹲下了，手掌按住胸口。

手心下，胸膛裡，那顆心臟，開始不安顫抖。

「演得真好啊。」一旁的新導演露出讚嘆的表情，「我們搞不好可以一鏡到底。」

「不只是演得好而已吧。」跟著新導演時間久了，也看過不少拍戲與演員的小黃輕聲說。「簡直就是在演自己。」

「新導演，你說這劇本是你自己寫的？」另外一個專門做美術布景的阿龍，他眼睛也緊盯著畫面，深受吸引，久久無法移開。「真的不是她們和你說的？」

「當然！」新導演語氣興奮中帶著一絲緊繃，因為這畫面太真實太成功了，越是這樣，越怕一點失誤造成必須整個重來。「全部都是我寫的。」

畫面中，小靜亂了手腳，她急忙拿起手機要叫救護車。

而蹲在地上的小風臉色慘白，她抬起頭看著小靜。

「如果這是我人生最後的時刻。」直到現在，小風的嘴角仍微微上揚，自信特質仍未離去。「我想許一個願望。」

「小風學姐，不要說話，妳現在要休息……」不知道是因為此幕太過真實，讓小靜情緒受到了感染，她不自覺地淚流滿面。

「休息？我可不想把我人生最後的時間浪費在休息上，我啊，我最後的願望，」小風笑了，「就是和琴一起，聽妳唱歌，然後死去。」

那任性美麗女孩閉著眼睛，享受著此刻涼涼的海風。「風、海，還有音樂，我已經想好自己死前的願望了。」

「死前的願望？」

「我要像此時此刻，要和妳一起聽音樂，然後死去。」

「麥克風準備！現場收音！」新導演吸了一口氣，同時揮下手上捲起來的劇本，那是之前與小靜約好的信號。「小靜要唱歌了！」

唱歌吧。

小靜甚至沒有注意到新導演手上的信號，她只是看著小風，然後內心湧起的情緒，滿滿地灌滿了她的胸口。

唱歌吧。

小風殷切的眼神，看著小靜。

她知道，她的心臟，真的在此刻乍停。

而她好想見琴，在此時此刻。

唱歌吧。

拍攝現場所有的工作人員，都在此刻忘記了呼吸，專注到彷彿世界上沒有其他事物，所有的一切都是眼前的小靜。

此刻，小靜正輕輕張開雙唇。

唱歌吧。

不知道何時，貓街上所有的貓，都像是被按下停止鍵般不動，每一雙貓眼都像是寶石般晶亮，注視著小靜。

牠們在等待，有如聖徒走入了聖殿，而聖殿之上，美麗聖女垂首低眉，半身沐浴於清亮陽光下，半身則浸融在淺棕色的雨後空氣裡。

她，要開始唱歌了。

黑白無常、無道、霜、柏與莫言，還有混亂的陰界警察，滿天飛舞的蟲子，到處撞擊的滾動大石，交雜成激烈無比的混戰。

混戰如一團滾滾火焰，從貓街外一直往內延燒至貓街內。

第一個進入貓街的是霜，高挑纖細的身影才第一隻腳踏入貓街，就感受到頭頂的天陰界。

空被團團黑影遮住。

貓群，數十張滿是獠牙的嘴，數十隻伸出尖爪的貓掌，伴隨著尖銳憤怒的叫聲，撲向了霜。

「夜影，妳是這樣迎接妳的老朋友的嗎？」霜不懼反笑，同時間雙手展開，周身開始出現如星光的藍色光點。「貓咪們，來，嚐一嚐姐姐替你們準備的招數喔，穿心而過的千言萬語！」

下一秒，藍光點凝聚成冰，倏然往外射出。

「不可！」相似的女子聲音響起，伴隨讓人眼睛一亮的電光。「穿心而過的千言萬語，雷電版！」

電光密密麻麻，如同小箭射向藍冰，登登登登登，電與冰交互撞擊，數秒內爆發密集無比的千發響聲。

當驟雨般響聲結束，竟沒有一枚藍冰漏過電網，全部被電光攔截。

「妳！」霜轉頭，看見了與自己幾乎一模一樣的身影，她笑了，笑得充滿陰冷的魅力。「妳偷學我的招式，學得很開心啊……」

「電箭！」琴見到霜，手一挽雷弦，就是一發又一發緊密不斷的電箭射出。

「冰箭！」霜同樣挽弓，冰藍的冰箭也一箭一箭的回贈。

噌！噌！噌！

雙方一箭對著一箭，在空中互撞抵銷，又是電光又是冰芒，煞是好看。

只是十餘箭比下來，卻可見碰撞點正慢慢退向琴的方向，這表示琴的電箭正在被霜的冰箭壓制。

不過，沒等到她們分出勝負，貓街外更大的戰鬥團已經衝進來了。

前頭的是莫言，他雙手舞動收納袋，有如一個大布袋朝著霜罩下去，她嘖的一聲，身軀後退，停止了對琴攻勢。

跟在莫言後面的是天魁星無道，他周邊環繞著上百顆滾石，朝著群貓猛砸，貓群咆哮，伸出爪子，不斷擊落飛來的石頭，雙方激戰，貓街陷入無比混亂。

這片激戰中，突然傳來一聲低沉卻盈滿力量的，喵聲。

喵聲一出，所有滾石竟像是失去了力量，全部墜落。

喵聲的主人，牠傲然立於一顆滾石之上，體色灰黑，身形嬌小，卻散發鎮壓全場的霸氣。

「貓街之主夜影！」無道露出怒極的笑容，「當日對你我敗得慘烈，但如今我來復仇了。」

喵，夜影看似毫不在意，只是輕舔貓爪，姿態悠閒。

而就在霜與莫言周旋，無道與夜影對峙之時，又有一個人進入了貓街。

而且，他是背對著貓街，一步一步退進來的。

他手握黑色長矛，全身散發狂風，之所以會以此方式進入貓街，是因為他正在全力抵禦，抵禦所有力量中，最後一股即將湧入的巨大邪惡之力。

邪惡之力，正是數百名黑無常與白無常，他們如同地獄大軍，手握短斧、鎖鍊、哭鈴，各式各樣的兵器，叫囂洶湧而至。

就是他們把柏的風牆一步一步往後逼，眨眼間，柏已經承受不住，頂著搖搖欲墜的風牆，被迫退入貓街內。

「大家注意，」柏咬牙怒吼著，「貪狼星來了啊！」

貪狼星降臨。

這位曾經被地藏打敗，曾被柏以周娘牛肉麵拖延，看似不怎麼有威脅的政府第二高手。

如今，在這裡展現了他的實力。

上百名身著黑衣的黑無常，以及身穿白袍的白無常，他們兵分多路，一進入貓街，就完全主宰了這裡。

貓街，棲息了數百隻貓，如此繁多的數量，卻遇上了同樣以數目取勝的黑白無常！

「貓很多是嗎？」黑白無常們同聲開口，「那我們比你更多！」

下一瞬間，黑無常搖頭晃腦，竟又分裂出另外一個黑無常，旁邊白無常吐出舌頭，身軀顫抖，也跟著長出另外一個白無常。

只是眨眼工夫，原本數目就不少的黑白無常便擴張到了兩倍、四倍、八倍。如此驚人的數量衝向貓群，頓時將貓群擁有的數量優勢完全抵銷。

「這黑白無常也太誇張了吧！」琴吞了吞口水，「就算當年那個鼠窟，裡面藏了數十萬隻老鼠，但他一人就可以攻陷啦。」

「但他這樣分裂下去，力量一分散，也許容易擊破？」柏舞動手上黑矛，捲動著風，展現作戰姿態。「我已經想出招式來對付了。」

「哼，貪狼成名已久。」莫言搖頭，「應不會有此弱點。」

短暫交談間，上百名黑白無常已翻湧而來。

首先對上的，正是站在最前端的柏，柏雙手握黑矛，低喝一聲，周身環繞一圈又一圈的刀刃，刀刃如扇葉般不斷絞動，迎向了黑白無常。

刀刃如扇，頓時絞殺了不少黑白無常，甚至將領頭的黑白無常切成兩半，但黑白無常彷彿無魂無魄，切斷時沒血沒肉，更可怕的是後面的人仍不斷擠進來。

擠到後來，反倒是柏的風刃扇葉硬是卡住，沒有了旋力，風刃頓時失去威力，這招竟然就這樣被如此簡單的破了。

「風刃被破解了！這黑白無常竟然真的用數目硬幹啊？」柏吃驚，但生性好戰的他，可沒有在怕各種戰場的怪事。

大規模風刃無法施展，柏縮風為球，球體透黑，正是破軍最拿手的武器「黑丸」。

但他的黑丸才剛剛成形，就赫然發現，竟然沒有空間可以丟出去了。

滿滿的黑白無常擠了過來，大大小小的手抓住柏全身上下，裡面更混雜著斧頭和鎖鍊的攻擊。

「這是什麼？這樣擁擠的攻擊，你們自己不也會受傷嗎？可惡，我想的招式竟然會沒有用……」柏在黑白無常人潮中怒吼，但聲音卻只支撐了數秒，然後就整個人被吞噬淹沒。

看見柏如此快速被吞噬，琴吃了一驚。「柏！」

隨即她身體微動，化作一道雷電閃光，也撲向了黑白無常。

但她才往前一撲，頓時發現，雷電最擅長的速度，在黑白無常的人海中，根本毫無意義。

數量眾多又威力強大的黑白無常人潮，如同一列失控的火車，狠狠撞向琴，匆忙之間，琴挽弓射箭，射出一支又一支的綠色電箭，前端的黑白無常以短斧相擋，短斧抵受不住碎裂，頓時被射穿於地。

只是，電箭威力雖強，卻只能誅殺前面十餘名黑白無常，後面越來越多的黑白無常跟著湧來，如同火車失控追撞，把琴一路往後逼，眨眼間已到琴的面前。

「糟糕。」琴沒料到黑白無常如此強大，就要和柏一樣淪陷之際，忽然，她感到腳踝一緊。

竟是一圈收納袋捆住了琴的腳，將她往後甩。

「不會打架，至少要會逃跑好嗎？」莫言以收納袋為繩，抓住琴，就要把她拉離危險區域。

「謝……咦？」在空中的琴才要道謝，順便以嘴巴反擊莫言，卻突然發現收納袋上竟有一抹陰冷藍光閃過。

是冰箭？

冰箭如此精準，直接射斷了細細的收納袋之繩。

「不用謝，」那冰箭的主人，在貓街角落冷笑。其容貌與琴相似，卻多了一分陰冷。

「琴啊，這箭送妳，一路好走啊。」

收納袋一斷，已經被甩上天空的琴，頓時往下墜落，落向了地面上不斷蜂擁而來的黑白無常。

「霜！給我記住！」琴在墜入翻動的短斧和鎖鍊之中時，發出大叫，倉促之間只能以電能將全身包覆，然後從此消失在人群中。

霜雖然成功陷害了琴，但她也必須面對黑白無常，她不敢掉以輕心，右手高舉，閉上雙眼，這一刻她全身浴冰，背後的冰氣往外延展開來，竟是一對美麗的藍色冰翅。

冰翅白中隱隱帶著靛色，這已經是逼近她頂峰的道行。

冰翅拍動，帶著霜陡然往上拔升，同時間，黑白無常也到了，黑白無常竟開始人與人互踩，越踩越高，如積木般往上疊，疊到最高一人時，此人右手伸出，就要抓住振翅往上疾飛的霜。

霜見狀，冰翅猛力一振，驚險脫離黑白無常抓來的那右手。

「這貪狼的無限分裂，也太可怕！」霜拍動冰翅，背脊發寒。「連往上飛都差點逃不了……」

但是她開心的時間，卻僅僅一秒，因為她看見了在那如樂高積木的黑白無常上頭，一個嬌小獸影正高速往上奔馳。

「該死！」霜瞬間明白，「夜影？」

貓街之主，夜影就這樣順著黑白無常的人塔，不斷往上奔跑，奔到最後一個黑無常的頭頂時，夜影躍起，然後，伸出了牠的貓爪。

啪。

貓爪劃過霜的藍色冰翅，冰翅碎裂，霜身形一頓，往下墜落。

「好樣的，我們好歹追隨同一個老大，你對我這麼狠，是要報上次的仇嗎？」霜下落，她在空中咬牙，彎弓搭箭，一冰箭帶著狠辣之勁，射向了空中的夜影。

夜影在空中轉了半圈，優雅展現貓科動物空中的敏捷姿態，漂亮躲過了這一箭。

而霜這箭沒有得手，臉上帶著一抹怒笑，也墜入洶湧的黑白無常中，除了一抹散逸而出的冰氣外，就再也看不到她了。

柏、琴、霜三位高手都已被黑白無常淹沒，雖說氣息未散應該沒死，但至少已經被牢牢困住。

大量黑白無常也已經淹沒了半個貓街，接下來，就是與琴共同旅行多年的神偷莫言了。

「無限分裂，在陰界已經揚名多年。」莫言全身氣息內斂，嚴陣以待。「我擊羊星久仰大名了，不過……」

黑白無常們手持短斧，甩動鎖鍊，伴隨尖銳擾人心智鈴鐺聲音，如火車失控，轟隆隆朝著莫言正面而來。

「不過，你似乎忘記，若有所謂的屬性相剋……」莫言雙臂打開，雙手之間流動著一條燦燦流光。

流光，就是莫言的絕技，收納袋。

「那我的收納袋，就專門剋你的無限分裂！」莫言大吼，「收納袋頂尖功力，合起來吧！收納袋！」

這一剎那，莫言手中流光燦爛極致，然後化成一個極為巨大的龍口，衝向迎面而來的黑白無常群。

吞。

一口跟著一口，開始猛吞。

龍口不斷張闔，不斷吞著湧來的黑白無常，黑白無常看似無窮無盡，但龍肚亦是深不見底，兩大力量就在這條貓街中央，展開驚濤駭浪的交鋒。

這場精采對決中，只聽到黑白無常們的聲音從人群中傳出，嗡嗡作響，讓人渾身不舒服。「厲害！」「我不斷分裂，你就不斷吞食！」「那就是道行的比拚了嗎？」「空間吞噬的收納袋？對無限分裂而言，果然是最難對抗的技啊。」

「知道就好！」莫言額頭浮現點點汗水，此刻已經是他道行力量的巔峰。「十四主星又如何？一旦你的無限分裂被我限制，其他人就順利能逃脫了吧。」

「厲害，原來你打的如意算盤是這樣？」「不愧是擎羊莫言，當年沒先派警察圍剿你真是可惜啊。」「但是，你以為自己穩勝了嗎？」「是嗎？是嗎？是嗎？」「嘻嘻，他一定是這樣以為吧？」「嘻嘻。那我們就讓他的美夢破滅吧。」「破滅吧！破滅吧！破滅吧！」「從後面偷襲吧，特警之首，無道！」

無道？

莫言正全力操縱收納袋的此刻，突然感覺到背後被一手掌按住。

「神偷，偷襲非我所願，抱歉。」無道聲音低沉，「但這場仗，我們警察非勝不可。」

「哼，你！」莫言全身道行都在對付黑白無常，面對背後偷襲的無道，莫言已經完全的無計可施。

然後，旋勁來了。

莫言只覺得背後被一股巨大力量絞動，那是足以撕裂他全身上下的狂暴扭力，莫言手一鬆，再也無法操縱手上的收納袋之龍。

收納袋之龍的嘴戛然停住，下一秒，牠的大嘴被滿溢而出的黑白無常擠滿，嘎，只聽到大龍仰首悲鳴一聲，然後全身脹大，跟著轟然裂開。

收納袋之龍破了。

上百名，上千名黑白無常從破裂的收納袋之龍中跳出，人流湧動，朝著街道前方衝去。

嘩的一聲，曾經獨自一人力抗黑白無常的莫言，就這樣毫無抵抗能力的，被這一大團的黑白無常吞了進去，消失了蹤跡。

「嘻嘻嘻嘻。」「咯咯咯咯。」「嘿嘿嘿嘿。」只聽到黑白無常他們發出古怪笑聲，手持短斧，捲動鎖鍊，搖動鈴鐺，發出尖銳刺耳的聲音，就要完全佔領這裡。

抓了莫言，貓街之中還有解神女，她雖然沒有什麼武力，但她不但不退，還勇敢地往前站了一步，更把幾隻身體特別孱弱的貓咪，拉到自己身後。

而黑白無常的人潮來到她身邊時，則是遲疑了一下。

「解神女耶解神女耶。」「她和通緝犯一起，要抓嗎？」「抓了天機吳用可能會碎碎唸。」「天機碎碎唸很煩。」「超煩的。」「而且，她解神曲的治癒能力真的很有用。」「那放過她好了。」「是啊，反正她戰力超弱。」「不足為懼，不足為懼，嘻嘻，不足為懼啊。」

就這樣，黑白無常人流竟然繞過了解神女，再繼續往前方衝去。

而黑白無常的人流之所以尚未止步，是因為他們就算擒獲了琴、柏、莫言，甚至是霜，以及滿街的貓咪，卻仍有一隻漏網之魚。

此魚非彼魚，牠有著黑灰色的嬌小身軀，毛茸茸的短毛，無辜的大眼睛，那是絕對不會讓人聯想到「危險」兩字的外表。

但，牠絕對是貓街最可怕的存在。

牠是貓街之主，夜影。

貓街已經快要全部淪陷，能藉由黑圈製造出空間通道的牠，卻意外地沒有逃走。

貓街之底，牠獨自站著，仰著頭，側著耳，似乎正在聆聽著什麼……

聆聽著一道，就算黑白無常逼近都無法令牠逃走的聲音。

喵。

然後，聽著聽著，牠竟輕輕喵了一聲，那是帶著喜悅與期待的叫聲。

在牠的喵聲之中，天空中一個銀點閃爍著，緩慢地飄落，最終落在牠鼻尖上，帶著一股清冽的酒氣。

夜影在此刻，彷彿品嚐著酒香般，閉上了雙眼。

陽世之樂，陰界之酒，終於來了啊。

十四主星中，最悅耳的音樂之酒，最令人膽寒的海嘯。

七殺之歌。

陽世。

閃著紅光的攝影機，導演與工作專注的眼神，躺在自己懷中的小風，還有她期盼的目光。

「就是和琴一起，聽妳唱歌，然後死去。」

此時此刻，此情此景，此生此意，小靜開口，唱起了歌。

〈給琴〉。

歌聲如水，在貓街流動，緩緩地往外流動，流過了小風，流過了新導演，流過駐足聆聽的貓咪們，每個耳畔流過音符的人們，都不自覺地閉上了眼睛。

然後，歌聲流入了陰界。

晶晶亮亮，水化成了酒泡。

酒泡越來越多，從空中凝結後點點滴落，然後在地面匯聚成淺海。

淺海不斷上升，晃動，最後竟然遮蔽了天空與大地。

名為海嘯的歌聲，於是形成。

陰界。

「酒雨？」黑白無常的大隊人馬已佔去大半的貓街，更將貓街最後一個駐守者，夜影，逼到了貓街最尾端。

就在即將結束之際，其中一個白無常突然發出「咦！」的一聲，抬起頭，露出困惑的表情。

因為，一滴水，滴答落下，剛好落在他的唇邊，他忍不住伸出舌嚐了嚐，好香啊，這是酒味嗎？

雖然陰界酒即是陽世樂，但這酒實在太美味，絕對可稱極品，對陽世來說，則是足以震撼群眾的美樂。

「陽世，有人在貓街唱歌嗎？」這白無常不自覺地停下腳步，嚐著這酒，當他抬頭，才發現這酒原來不止一滴。

一滴一滴，從天而降，落到了他們頭頂與身上。

越來越多的白無常與黑無常，都因為這酒雨而停下腳步。

黑白無常生性好殺，對美食等誘惑如僧侶般，冷淡視之，但這酒太濃太純，可說是陰界百年也難得一見，加上前陣子黑白無常品嚐了周娘的牛肉麵，撩起他百年冷淡的心，竟讓黑白無常被這酒給吸引住了。

不知不覺，剛剛兇暴如蟻潮就要吞沒貓街的黑白無常大隊，竟然放緩了腳步。

酒之雨，醉之鄉，當酒香瀰漫整條貓街，黑白無常大軍則越走越慢，當最後一點騰騰殺意都散去，他們就這樣停在貓街之主前。

「喵。」貓街之主仰頭奮力喵了一聲，這是帶著開心與尊敬的一喵。

彷彿在對陽世的某人說著，不愧是我最愛的主人啊，竟能以歌聲斷去黑白無常的殺意。

不過，也在此刻，貓街之主夜影忽然頭一轉，看向了黑白無常的人群，牠察覺到了某一股異常。

在這一大群仰著頭品嚐著美酒的黑白無常中，有個什麼東西，正在蠢動著。

那是什麼？

那顫動的東西，正掛在一個黑無常的脖子上，圓形，紫金邊，裡頭一根指針正滴答滴答地走著。

喵？夜影感到莫名的心驚，這是懷錶？

只見懷錶的指針突然一顫，像是碰觸了某個開關，緊接著，鈴鈴鈴鈴，鬧鐘聲響了起來！

鬧鐘鈴聲？在這大戰現場？古怪且充滿違和感的，響徹了整個貓街。

鈴鈴鈴鈴～鈴鈴鈴鈴～

鈴鈴鈴鈴～鈴鈴鈴鈴～

鬧鐘一響，正在忘情品酒的黑白無常們像是被驚醒一樣，先是呆呆的左右張望，然後像是睡醒一般，發出怒吼，人潮湧動，再次朝著夜影衝來。

喵。夜影知道情勢危急，發出猛烈一聲貓吼。

而天空落下的雨，不知道是感應到了夜影的焦急，抑或原本就將如此，雨勢開始加大，越來越大，在優雅而悅耳的歌聲中，雨勢完全籠罩了整條貓街。

隨著雨勢加大，地面開始積水，眨眼淹過了膝蓋，直上眾人腰際。

嘩啦啦，酒雨如天空潑下，越潑越高，竟在貓街底部升起了一道水牆，水牆滾滾，氣勢驚人。

水牆不斷拔高，兩樓層高，三樓層高……眨眼間，已經是十幾層樓高了。

這一刻，所有的黑白無常的眼睛，都順著升高的水牆不斷往上，往上……

然後他們張開口，說出了完全一模一樣的話。

「該死，這是他媽的海嘯啊。」

下一瞬，水牆轟然垮下。

帶著千萬噸狂暴的水浪，沖向數百名的黑白無常，剛才無敵的黑白無常大軍，竟在瞬間完全覆滅。

而就在這怒濤洶湧的海嘯中，貓街之主夜影邁開四足，奮力在浪面上奔馳，然後牠喵的一聲，在空中出現了一團黑圈。

時間到了！就是現在！陰陽門要開了！

貓，身為貫穿陰陽的陰獸，牠的黑圈，象徵的正是打開的陽世開口。

天空的陰陽門已然開啟。

喵——

同一時刻，黑白無常的力量被擊潰，全部陷入海浪中，一個女子卻被人從海浪中推了出來，她長髮披肩，高挑纖細，美麗任性，正是琴。

琴身後有著莫言，莫言以雙手貼著琴的背部，將她從大浪中推了出去。

「去！」莫言大吼，「去把最後一樣食材拿回來！」

琴被推力往前送，飛上了天空，眼看距離黑圈越來越近，突然，一枚強力的黑色螺絲射了過來，帶著無比鋒利的旋力，就要將琴攔在半路。

「不准去！看我無道十萬魔轉！」

「有我破軍柏在此，無道休敢放肆！」另一頭，一發黑丸趕上，與黑色螺絲糾纏在一起，頓時斷去黑螺絲的去路。

黑丸的操縱者，自然是柏。

「琴，去陽世！」柏吼著，「幫我看看小靜！她是不是還好？」

琴繼續往上，離黑圈越來越近，這一刻，一股強烈的冰氣逼近，竟是一支靛色帶紫的冰箭。

「哼，誰准妳去啦？得問問我的冰同不同意呢！」霜的身影從海浪中浮現，她雙腳踩於冰上，長髮狂亂飛舞，火辣又強悍。

「我們都是箭，想阻擋我？沒那麼容易。」琴回身，同樣挽弓，一支電箭自雷弦射出，金色電光中，是純淨且深沉的靛色。

電與冰在空中交擊，短暫僵持後，冰箭破電而出，但這時，琴已經到了黑圈前。

就在冰箭要追上時，百道喵聲傳來。

喵聲乍聽溫柔，但是數百頭貓同時發聲，卻有驚天動地之威，空氣都為之震盪，冰箭受這喵聲影響，竟是微微一挫。

冰箭停頓，琴就要擺脫背後冰箭，直躍入黑圈中。

但也在這一刻，原本被海嘯抑制的黑白無常怒吼一聲，一把短斧從海面上轉動甩出，短斧上竟然還掛著那枚紫色懷錶。

短斧高速迴旋，位置不偏不倚撞在冰箭後方，力量相疊之下，再度把停滯的冰箭加速推前，追上了琴的背部。

黑圈、琴、冰箭、短斧，四者連成一線，就在這大海嘯的正上方之處，誰快誰慢，將決定這場戰局的勝負。

琴感到一絲無力，因為她知道背後的冰箭會快上一步，就算僅僅是零點一秒的差距。

也就在這決定勝負的瞬間，琴再次聽到了喵聲，這次只有一聲，而且是從她正下方傳來。

琴低頭，竟見到貓街之主夜影，身軀正快速脹大，大到如同一頭猛虎。

「啊，你會變大，這樣很可愛耶？」琴只來得及驚喜地說出這句話，然後她就感受到這化為猛虎的夜影，由下往上飛來，讓琴直接坐上牠的背。

琴覺得夜影的貓毛柔軟到想讓人整個撲入其中，同時夜影加速，化成一道灰黑影子，驚險擺脫冰箭，衝入黑圈中。

而就在琴與夜影躍入了黑圈的同時，黑圈也跟著消失。

空中，只剩下依然往前疾射的冰箭，以及失去力量後慢慢墜下的短斧，戰局勝負似乎已定。

海浪中，眾人慢慢露出身形，莫言、柏、霜、黑白無常、無道……

其中，莫言的眉頭卻緊緊鎖著。

「那東西何時不見的？」擅長偷獵寶物的他，對寶物的出現向來有異於常人的敏感度。

「那散發著十大神兵氣息的紫色懷錶呢？」

貓街之上，一切慢慢回歸平靜，消失的東西有三，琴、夜影，還有不知何時不見的紫色懷錶。

第九章·回到陽世

天氣是晴天，下午有風。

兩個少女一起坐在海堤上，一起看著蔚藍的海，她們聽著音樂，耳機一人一耳。

「哎，我覺得世界上某些人很特別，他們就像是天空上的星星。」其中一個女子留著及肩的髮，五官端正但略顯平凡，不過說話時五官細膩移動，彷彿將她的面容整個點亮，帶出一股自信魅力。「我和妳，都是星星。」

「妳又再提妳的星格論嗎？」耳機另外一頭的女孩側過頭，她身材較為高挑，有一張漂亮的臉蛋，尤其是笑起來一對虎牙特別迷人，更莫名有一種任性的美麗。

「我知道，然後星星會互相吸引。」

「嗯。」自信女孩點點頭，「這就是我們互相吸引的原因喔。」

「這樣聽起來有點浪漫呢，啊我想到更浪漫的事情了。」那任性的美麗女孩閉著眼睛，享受著此刻涼涼的海風。「風、海，還有音樂，我已經想好自己死前的願望了。」

「死前的願望？」

「我要像此時此刻，要和妳一起聽音樂，然後死去。」

「兩人一起聽音樂，然後死去？哈哈。」自信女孩突然大笑起來，「超浪漫的喔，那我也要一樣的願望。」

陽世，貓街。

〈給琴〉的歌聲悠揚，那是一個高挑少女在海岸陽光下，奮力跳上衝浪板的故事，也是一首深深懷念自己摯友的歌曲。

在小靜的歌聲中，整個MV拍攝現場，宛若演唱會的高潮獨曲般無聲。

所有人，都將自己的一切注意力，奉獻給了雙耳。

因為雙耳中的歌曲，帶他們進入了一個神秘的世界，原始，美妙，純真，勇敢，是他們曾經熟悉又被遺忘的靈魂世界。

他們之所以專注，是因為他們都明白了一件事，這次的〈給琴〉是小靜至今唱過最好的一次。

每次轉音，每個咬字，每個音準，完美的創造了絕對的氛圍，包圍了現場的一切。

彷彿貓街的一切都被滾滾的海嘯包圍，全都融在小靜的歌聲中。

而這片海嘯的中心便是小風，她躺在小靜的懷裡，眼睛凝視著天空，心臟確實驟停，促使她說出最後的願望。

「我想再見琴一面，一起聽妳唱歌。」

而當歌曲逐漸到尾聲，曲調漸漸轉為柔婉，只剩下輕柔如風的低吟時……小風知道，終於到終點了。

她的心臟絞痛，她的事業，她的夢想，甚至是她的生命。

都在此時此刻，逼近了結尾。

她最後的願望啊，雖然聽到了小靜最棒的歌聲，雖然她此時離開也沒太多牽掛了，但終究是沒有再遇見琴啊。

終究……忽然，她發現了異樣，那就是，指尖為何濕濕涼涼的？

她低頭，赫然發現那是一隻可愛的虎斑貓，正低頭舔著她的指尖。

「小虎？」小風認出了這隻貓，她是小靜的愛貓，是一隻任意妄為又美麗神秘的貓。

小虎停止輕舔小風指尖，並退了一步。

這一退，小風目光也順著往前延伸，然後，小風目光越過了小靜的身軀，看向了她的身後。

小靜的身後，莫名多了一人。

那是熟悉的身影啊，長髮，高挑，笑起來兩顆閃亮的小虎牙，任性的漂亮臉蛋。

就在這一刻，小風眼眶濕透了，模糊成了一片。

她伸出手，用力擦著眼睛，她不要此刻前方一片模糊！她要看清楚，她要看清楚眼前的這個人！她要看清楚眼前的一切，她要看清楚此情此景！

只是當小風擦去眼中的水光，眼淚卻又以更快的速度模糊了雙眼，她只好一直擦，一直擦，擦到她滿臉都是淚痕，甚至擦到小靜發出驚呼。

「小風學姐，妳怎麼了，我從來沒有看過妳哭成這樣……」

「哇。」小風終於忍不住，放聲大哭起來。「嗚嗚——」

「小風學姐，乖乖，不哭……」小靜從未見過這樣的小風，像個小孩般的小風，她急忙伸出手，抱住學姐。

「嗚嗚，嗚嗚嗚嗚。」小風依然哭著，大聲哭著。「嗚嗚嗚嗚。」

能夠一個人領導資產上億，超過三十名員工的公司，向來自信滿滿的小風，哭得亂七八糟，幾乎無法說話。

「小風學姐，怎麼了啦！妳到底怎麼了啦！」

「我喜歡，我好喜歡……嗚嗚嗚嗚。」

「喜歡？」

「喜歡妳啊，琴。」小風的話語在啜泣聲中變得模糊不清，「我好喜歡和妳一起聽歌喔。」

陽世，MV的拍攝現場。
當歌曲結束，新導演等人依然呆若木魚，他們不是不想快速反應與清醒，但就是無法瞬間回到現實世界。
那種感覺就像是睡了一場很長的覺，且做了一個故事深沉的夢，當睡眠者睜開眼睛，只覺得一切彷彿恍惚而模糊，心中更是深深依戀著夢境中的一切，不願意讓自己這麼快就醒過來。
夢很長，有點悲傷，卻溫柔且美好，那是每個人內心曾有的渴望。
時間不知道過了多久，也許是三十秒，也許是三分鐘，終於新導演像是清醒一樣，大喊了一聲。
「卡！」
拍攝結束，所有人像是被按下開關般開始動了，他們起身，調整攝影機，整理道具，而其中小薏則走向小靜與小風，要告訴她們拍攝結束，等一下會帶著她們去一旁卸妝並討論後續。
只是小薏才走到一半，然後像是發現什麼似的，突然停下腳步。
「啊。」然後，小薏快步衝向了小風，看了小風幾眼後，她慌亂起身，張開大嘴想要喊出什麼，但因為過度震驚而喉嚨乾啞，竟是什麼聲音都沒有發出來。

「幹嘛？」新導演察覺了異狀，急忙丟開手上物品，朝著小萬跑來。

「救護……」小萬雙手顫抖，「快叫救護車……」

「啥？」

「小風的臉色不對，我阿嬤過世時的臉色也是這樣，」小萬的聲音不斷發顫，「她的心臟生病了，這不是演的，是真的出事了！」

這剎那，劇組所有的動作都停住了。

小風的心臟病，是真的？所以，她的心臟已經停了？

「救！護！車！」新導演大吼，從口袋中掏出手機，因為過度緊張手機還摔落在地上，在外殼碎裂的同時，整個劇組已經有十個人同時拿起手機。

119，從十幾支手機同時撥出！

小風躺在小靜的懷裡，她的心臟是停住了，但她的眼睛卻沒有閉上，雙眼的焦距甚至沒有散開，仍穩穩地凝聚在一個地方。

同樣的，小靜的眼睛也睜得很大，看向完全相同的位置。

「她們在看什麼？」新導演與小萬同時發現了這個異狀，頭一轉，順著小風的目光看了過去。

「怎麼有一個人？」「那裡沒有人啊。」

「咦？」「咦？」

新導演與小蕙互看一眼，又同時說：「妳剛剛說什麼？」「你剛剛說什麼？」

「我說有一個人在那裡，」新導演說，「妳沒看到？」

「哪有人？」小蕙臉色煞白，「喂，導演，別嚇我呢。」

「對，我也覺得很怪。」新導演再次轉頭，看著小風目光處。「剛剛我們拍攝了這麼久，我也不記得有這個人。」

「所以，你看到的是……」小蕙臉色白得可怕。

「嗯。」新導演歪著頭，「應該是，不過……」

「不過什麼？」

「她應該不是壞人啦。」新導演的語氣，竟在此刻透出濃濃的懷念氣息。「對，她長得可愛，又有點任性的樣子，完完全全是我的菜啊。」

「喂！」小蕙先是一呆，隨即雙手抓住新導演的肩膀。「你被勾魂了啦！完蛋了！就叫你上次不要接那部恐怖片的劇本，寫了之後都不對勁了！你現在是不是晚上照鏡子都會看到有人在梳頭髮？」

「不是啦。」新導演臉上浮現淡淡的笑容，竟帶著一股溫馨感，但這只讓小蕙覺得毛骨悚然。「她啊，是一個被等待的人。」

「一個被等待的人？」

「一個被小風和小靜，等待了很久很久的人啊。」

就在小風與小靜的目光匯集處，琴確實站在這裡。

她有些恍惚，她確實帶著孟婆的鈴鐺，並坐上陰陽獸，穿過陰陽兩界的黑圈，然後來到這裡。

這一剎那，她覺得自己通過了長達數公里的甬道，又像是只是打開門走到隔壁房間，這短短瞬間的衝突與錯亂，讓琴感覺天旋地轉，甚至不知道自己所在何處？

直到，她看見了那兩個人，兩個琴在陽世時無比熟悉的女孩，小風與小靜。

而同樣的，她們的眼睛竟然也看著琴，三雙眼睛，正彼此匯聚。

琴忽然懂了，她是真的回到了陽世。

跨越陰陽之門，此刻的她，正和小風與小靜在相同的世界。

「我……」琴看著小風，看見小風開始哭，哭得亂七八糟，琴急忙跑了過來，伸出雙手，用力抱住了小風。

感受琴身體的溫暖，這是真實的暖度，小風哭得更大聲了。

同時間，琴也感受到了另外一股溫暖，那是小靜，她緊緊地抱住了琴。

「我就知道，」小靜聲音好開心，「我只要一直唱歌，一直唱歌，琴學姐就會回來。」

「嗯。」琴閉著眼，這真真實實的溫暖，她要深深記住，就算下一秒回到陰界，她仍要帶著這份感覺。

「琴，妳知道嗎？我要死了耶。」小風聲音暖暖的，「我心臟現在是停著的喔。」

「我知道啊。」琴低頭看向小風，「我甚至知道妳心臟停止的原因呢。」

「真的啊？」

「因為我放在妳心底的東西，要孵化了啊。」

「放在我心底？」

「妳忘了嗎？」琴笑得好溫暖，「我們在海邊的約定啊。」

「我的心，可以讓妳寄放一樣東西，等到那一天，我就還妳。」

「寄放什麼啊？」

「看妳要寄放什麼啊。」自信女孩也閉上了眼，她真心喜歡此刻，風中有著海的味道。「一句話，一個秘密，一片風景，或是一份心意都可以。」

「死前才還我？那就是願意替我保管到生命最後一刻的意思嗎？」

「可以這樣說喔。」

「那我想想，要請妳保管什麼東西，啊有了。」任性女孩伸出手指，在自信女孩手心，畫了一個小小的橢圓形。

「這是什麼？」

「一顆蛋。」任性女孩微笑。

「蛋？」

「對，我想把蛋放在妳心底，等到了那一天，妳再告訴我，這蛋孵出了什麼？」

「約定？」小風訝異，然後笑了。「啊，我的心會停止，是因為被放入了一顆蛋嗎？」

「是的，我也是來到陽世，才突然想起來。」琴歪著頭，「小風，那現在妳可以告訴我，裡面孵出了什麼嗎？」

「我也不知道呀。」當小風閉上眼，她的胸膛處竟隱隱透出淺淺的光芒，她跟著伸出手，往自己胸膛輕輕一掏，握著拳頭，遞到了琴面前。「那我們一起看？」

「好，我們一起看。」

於是，小風慢慢打開了手掌。

纖細的五指如花瓣般打開。

然後一道淺金色光芒，從她掌心慢慢暈了出來。

「這是……」先發出讚嘆的，是小靜。「好可愛喔。」

「確實滿可愛的啦。」小風也歪著頭，笑了。「但怎麼會孵出這東西呢？」

「原來，這就是我寄放在妳心裡的東西啊。」最後開口的是琴，「我在陰界早知道牠了耶。」

早知道牠了……

小小的，金色的，姿態優雅，模樣可愛，還有三條長長的鳥尾。

從小風的心中，竟拿出了一隻鳥？

「妳認得這一隻鳥啊？」

「牠啊，在我現在身處的世界可是赫赫有名喔，牠是雷鳥鳳凰。」琴在小風與小靜面前蹲坐了下來，三個女孩彼此靠近，親暱地聊著。

「妳身處的世界？」小靜好奇地問，「琴學姐，死後的世界嗎？死後的世界是什麼樣子呢？」

「是什麼樣子啊……」琴仰著頭，輕輕吐出一口氣，開始說起了自己的故事。

那漫長的陰界歲月，英雄與梟雄並存的陰魂，兇狠危險的陰獸群，各式各樣的奇招妙技，埋藏在天際線底端與大海深處的寶物，纏綿溫柔的歷史故事……

琴說故事的時間並不長，但卻說得豐富精采，彷彿她一直等著這一天，要把這些在陰界的經歷，向這兩個最好的朋友傾吐。

「所以，沒天堂？」小風問。

「也沒地獄？」小靜問。

「沒。」琴說，「只有陰界，與陽世共用一個世界的陰界。」

「那，我死後也會進去陰界？」小風看著琴，「和妳一起？」

「對，」琴對著小風伸出手，臉上則調皮地吐了吐舌頭。「妳怕嗎？我可是鬼喔，不怕鬼害死妳？」

「妳想害我嗎？」

「嗯，本來有點想，但現在不想了。」琴說到這，內心突然湧現一股熟悉感，她是不是曾經在哪裡說過這樣的話？

「為什麼不想？」小風嘴角上揚，帶著一抹笑意。

「因為我覺得，妳比我想像中更……」這剎那，琴看著小風的笑容，一股更強烈的既視感，衝擊琴的記憶，讓她下意識地開口說道：「……有趣。」

那既視感的畫面……

這兩字一說，琴彷彿回到了那巨大壯麗的宮殿內，深夜書房裡，那個帶著莊嚴君主之氣的男子。

男子雖然皇氣沖天，但在與琴說這句話時，面容卻開朗如少年。

「哈哈哈。」宮殿內，女孩開心地笑了，拿起碗，大大喝了一口。「對，但我是你喜歡的朋友嗎？」

「是。」男子拿回了碗，也同樣大飲一口，他笑得宛如開朗少年。「哈哈，從今天開始，我們就當好朋友啦。」

這剎那，琴嘴巴微張。

這剎那她突然明白了，她知道被譽為陰界政府第一謎團，原本當家主政的皇者，突然消失了數十年，讓整個政府被天相一手掌握，更導致政府強勢黑幫式微，讓整個陰界因此傾斜……

那個皇者，紫微帝星，究竟在哪裡了。

不遠處，新導演正看著這一切，他表情古怪，因為他感覺一切明明很荒謬，一場小靜有史以來最精采的歌唱剛結束，現場就突然出現了一個像是鬼魅的漂亮女子。

但一切又是這麼合理，彷彿這女孩原本就該出現在這裡，小靜的歌聲是一種巨大的召喚，而小風的瀕死則是一種代價，加上之前那些突然出現在新導演腦中的故事，他完成了這一整個 MV 的劇本，就是要讓這漂亮女孩回來。

而漂亮女孩之所以回來，是為了拿回一樣東西。

一樣原本就該屬於她，但被遺留在陽世，寄放在小風心臟裡頭的物品。

所以，女子是鬼？鬼回來索取寄放的東西？聽起來真像是恐怖故事的橋段？如果這個世界冥冥之中有一個作者，那他一定是一個愛寫三流鬼故事的笨蛋。

不過，新導演仍有一個疑點，那就是為什麼只有他看得到這一切，瀕死的小風看得到，唱歌的小靜看得到，都算是合理，但他只是負責寫劇本和拍攝的人，為什麼他也看得到？

然後，他看見了自己手上的東西，他有點疑惑，這東西是何時纏到他手上的？

紫金色，繫著鍊條，古樸神秘，帶著一股極致工藝的氣質。

「懷錶？」

新導演把懷錶舉到了自己眼前，打算仔細觀察，但這懷錶竟然像是有著生命，開始慢慢擺動起來。

一邊擺動，一邊帶著新導演的神識逐漸渙散，渙散之中他還聽到耳中傳來低沉的聲音。

「阻止她……不可……不可……讓紫微帝星……回歸。」

眼前，琴伸出了手，而小風的手也跟著伸出，兩人的手就要碰觸。

「原來是妳啊。」琴微笑，「難怪妳會說，星星們互相吸引，妳自己早就知道了？」

「嗯。」小風看著琴，「帶著我走吧，在陰界，我們依然可以一起聽音樂？」

「可以，那裡的音樂像是酒一樣，各式各類的口味，更能體驗音樂之酒的美味。」琴說。

「真是令人期待。」

「那，走嘍。」

「嗯，走嘍。」

兩人對話的語氣，有如老友一同走去街角超市買晚餐般舒適悠閒，死亡不過就是一件再簡單不過的事兒。

但，就在小風的手要穩穩地放入琴手心之際，忽然，所有人都聽到了一個聲音，這是動物的叫聲，而且原本該是柔細溫和，讓人聽了想要寵溺擁抱的叫聲。

但此刻，卻緊急惶恐，更帶著一股狂暴怒意。

喵！

這是貓叫聲，怒極的貓叫聲！而這聲音的來源當然是……

「小虎？」小靜訝異，「你怎麼了？怎麼突然這麼緊張？」

只見小虎全身弓起，柔軟貓毛豎起，對著琴的背後發出陣陣威嚇之聲。

「牠看著我的背後，我的背後有誰嗎？」琴猛然回頭，一個男人竟然不知道何時已經站在這裡。

這個人頭髮散亂，笑容羞怯，但出現在此卻透露出一陣古怪。

一見到這男人，小靜發出疑問聲音。「新導演，怎麼了？」

「我，來看看小風。」新導演臉上有著擔憂，朝著小風靠近，然後手指朝著鼻梁推了推，只是奇怪的是，他明明沒有戴眼鏡。

看見新導演靠近，小虎更是緊張，而這個推眼鏡的動作，卻讓琴莫名的身軀一抖。

憨傻的笑容，不修邊幅的亂髮，還有這個推眼鏡的習慣動作……

眼見這男人的手就要碰到小風，琴突然一喝。「住手！不可以碰小風！」

琴雙手爆發燦爛電光，電光閃爍時琴肩膀微微一動，竟是那隻鳳凰幼鳥跳上了琴的肩膀，更拍動小小翅膀，一副開心的樣子，而就在此刻，琴雙掌電能蓄積滿載，朝著新導演推了過去。

「以電化掌，不愧是武曲。」新導演側過身，露出詭譎微笑。

「果然是你，天機星吳用！」

「正確喔。」新導演嘻嘻笑著，「十四主星的武曲，妳已經不是當年的新魂了呢。」

下一秒，琴的電光就這樣穿過了新導演的身軀。

陰界的電傷不了陽世的身軀，但卻會對依附在新導演上的魂魄產生破壞，這電能過去，竟把天機星從新導演的身體打了出來。

電威不足，吳用只退出半個身體，並未完全離體，琴低吼一聲，雙手再推，在鳳凰開心的振翅中，靛色電光炸裂。

同時間電光在空中閃爍，竟是小虎也揮爪了。

這一電一爪，又是主星又是S陰獸，在陰界已經堪稱超頂級的破壞力，果然把吳用給整個轟了出來。

吳用在電能與爪力交互作用下，不斷後退，但一邊退，臉色卻依然如常，甚至還用手指推了推眼鏡。「我吳用有名的就是和平主義，沒有半點武力，用武力打我，有點過分啊。」

「沒有武力，你跟上來幹嘛？」琴感到不安，因為對手是吳用。

在陰界多年，琴可說是熟知政府的六王魂，強大無比的天相、黑暗深沉的貪狼、貪財怕事的天府、慈悲溫和的天同、剽悍直接的太陰，但就是這個天機……

他明明沒有武力，明明就是一個編纂陰界知識的老學究，但卻每一場戰役，每一次事件，都有他的影子。

而且，就連天相似乎都對他有幾分忌憚。

「呵呵。」

「快說，你沒有武力，跟到陽世到底為了什麼？」琴再次舉起雙手，這次她祭出雷弦，挽弓搭箭，已經是誅滅敵人的武力了。

而當她搭出這一箭，她肩膀上的小鳳凰，翅膀振得用力，幾乎要飛了起來。

「我來綁一個東西。」吳用身上的電能不知道何時已經退盡，他拍了拍焦黑的藍袍，露出學者的笑容。「一直到剛剛，才好不容易綁好喔。」

「綁好？什麼東西綁好？」琴一愣，轉頭她看見了，小風手腕上竟然多了一個東西，映著此刻陽光的光芒，金中帶紫，竟是一只懷錶。

「對，」吳用慢慢地退，越退越遠。「用一件神兵換一個主星魂魄，不虧啊。」

用一只懷錶換一個主星魂魄？

琴猛然回身，朝著小風跑去，而小風手腕上的紫色懷錶，錶面下數百枚齒輪高速轉動，讓懷錶上的分針開始異常急轉，一圈一圈如同賽車在跑道奔馳。

但另外一根秒針，卻開始減慢，越來越慢，有如拖著沉重的鉛條，每一步都遲滯難行。

快速轉動的分針，緩慢如牛的秒針？這是什麼技？

琴的手才要碰到小風，卻發現手的速度越來越慢，指尖明明逼近了小風的身體，卻遲遲碰之不到。

而另外一頭，小風的雙眼，那象徵魂魄的燦燦目光，卻在此刻快速衰弱下去，如同火焰蕊心就要燃盡。

「我不會任何武技。」吳用的聲音傳來，「這懷錶，只會減速與加速。」

「減什麼速？加什麼速？」

「減的是你們的速度，加的則是……」吳用嘆氣，「小風魂魄的速度。」

「那小風的魂魄會怎麼樣？」琴怒吼。

「魂魄消耗殆盡，便會轉世。」

「轉世？」

「是。」吳用慢慢後退著，「一旦轉世，就會重新來過。」

「重新來過？你，的，意，思，是，她，會，死，是，嗎？」琴大怒，從來沒有這麼憤怒過，因為憤怒，所以極致冷靜，她左手伸得筆直，右手把弦拉到極致，電能爆量蓄積，滿滿靛色電箭，隱然成形。

「以狹隘的生命定義來說，」吳用繼續退，「是。」

「臭錶，給我破開！」琴左手一鬆，電箭陡然射出，而她肩膀上的鳳凰更發出開心叫聲。

電箭射向紫色懷錶，一開始猛烈爆發極速，但卻在靠近懷錶時，開始減慢，不斷減慢……

減到最後箭鋒離錶面只剩下一公分時，緩慢而沉重地往前，一如那越來越慢的秒針。

零點五公分，零點三公分，零點二公分，零點一五公分，零點一公分，零點零七五公分……

越是靠近懷錶，抗力越強，時間流動也越慢，到後來，電箭的推進距離已經進入了比頭髮還細的奈米等級，幾乎無法辨別。

「紫色懷錶掌握著時間，在加速流動的時間與緩慢流動的時間之間，會產生一個難以解釋的矛盾邊界，這矛盾邊界不是妳的靛色之箭可以突破的。」吳用語氣平淡，彷彿是一個教授在講著令教室內同學昏昏欲睡的物理課程。「所以，妳幫不了她。」

我幫不了她？那我出現在這裡，豈不是害了她？

而就在同時，一聲憤怒的喵聲響起。

只見一個貓影陡然拔高，越來越巨大，已經是五層樓高大小時，鋒利絕倫的貓爪，肉眼可見地撕裂了空氣，朝著剛剛靛箭之處，打了下去。

轟。

原本空無一物的虛空震盪出一層層波紋，吳用口中的「難以被解釋的矛盾邊界」似乎受到了衝擊，箭又往前推進了幾分。

但仍未碰到小風，就在這毫釐之差，陷入了更黏稠更強大的時間滯留。

而小風的眼神越來越萎靡，那象徵生命之光的瞳色，以肉眼可辨的速度衰弱著。

見此局勢，吳用帶著淡淡笑容，彷彿掌握了一切。

「其實我早就算過了，現場以妳的靛色之箭，加上夜影的爪子，是破不了十大神兵中紫懷錶創造出來的時間矛盾邊界。」吳用輕輕嘆氣，「雖然我不用武力，卻依然能靠著腦袋算無遺策，這就是我天機的能力，知識就是我的力量，放棄吧，女孩，時間也差不多了。」

時間也差不多了？

琴越來越焦急，若小風魂魄一死，就算一甲子後紫微再次轉生，也不會是原本的小風了啊。

不可以。

不可以。

誰，可以幫我？

莫言、柏，你們這兩個臭男生，不是說要保護我嗎？怎麼這時候一個都不在啊？

然後，琴聽到了……

啾啾。

就在電能轟然躁動，小虎貓爪嘶嘶橫劈聲中，琴確實聽到了。

啾啾，啾啾。

鳥叫聲？

琴轉頭，她見到了，那一對展開的翅膀，它閃爍著炙熱的白光，美麗又燦爛，那是屬於鳥類的華麗羽翼。

喵吼！

同時間，小虎發出激烈的咆哮，那是屬於野獸間的對吼，昭告著和自己同樣等級的兇猛掠食者降臨！

啾嘎！

喵吼！

瞬間，琴只感覺到自己手上的電能突然湧入另外一股，更狂野更原始的力量，並與自己的力量完美融合，撞入了靛色電箭之中。

靛色竟然瞬間透出紫色，紫爆威力絕倫，帶著貓爪一起撞入了這時間的矛盾邊界之中。

裂開了，時間矛盾邊界終於承受不了琴、小虎，與鳳凰三力合一，如鏡子般破碎了。

「好好好。」吳用再次扶了扶眼鏡，笑了。「漏算了啊，陽世中還有這隻鳥，而且還是妳本命陰獸，這下可沒法了啊。」

時間矛盾邊界開始破碎，箭射中了紫色懷錶，懷錶那一慢一快的指針頓時支解，同時間，從懷錶中一股更強大的能量衝撞出來。

時間，徹底崩壞了。

「臭天機！」琴大吼，「知道厲害了吧！」

「知道了知道了。」吳用聳肩，「對，紫微帝星會活下去，魂魄不會滅了，但……」

「但什麼？」

「能量過強，陰陽之門超過負載。」吳用露出笑容。「我們這些來自陰界的異鄉客，都要被擠出陽世了。」

「啊？」

「妳帶不走任何人，而我也是。」吳用扶了扶眼鏡，微笑。「那我們陰界見嘍。」

說完，琴只覺得背後的黑圈整個扭曲變形，然後陡然放大，竟像空中衝下的巨大鯊魚口，把她與小虎一起吞噬。

然後，她放開了小風的手，也放開了小靜的手，整個人被吸入黑圈之中。

在一切都歸於平靜之前，至少，琴確定了一件事。

小風眼中原本黯淡的光芒，如今再次隱隱明亮起來，再次恢復成琴曾經熟悉，懷念，甚至是無比喜愛的，自信光芒。

「小風！」琴在被黑圈完全吞噬之前，她雙手呈圈形放在嘴巴前方，做出喇叭的形狀，用力大喊著。「雖然不是這時候，但以後我們一定會相見的。」

「……」小風看著琴，眼中的神采正逐漸明亮起來。

「謝謝妳替我保管這顆蛋，然後……」琴的聲音透過雙手的圈形元氣十足地傳了出來。「我們夢中見！最最最最最喜歡的朋友！」

最最最最喜歡的朋友！

聲音消失，琴跟著消失，但空氣中飄蕩的這句話，卻猶如有著溫度，暖暖地點亮了小風眼中的光芒。

然後，是刺耳的救護車聲，焦急的喊叫聲，慌張的吶喊聲，小風就這樣帶著這句暖暖的話，再次失去了意識。

琴跌下的地方，一點都不會痛，因為下面剛好有兩塊結實的肉。

「啊——」「啊——」隨著下面兩塊肉發出琴熟悉無比的叫聲，她突然明白自己跌到什麼東西上面了。

「哈哈，柏、莫言，抱歉啊。」

「什麼抱歉？妳摔下來也看地方好嗎？」莫言起身，手輕輕一拖，就要把琴拖起。

「任務辦完了嗎？」另一頭是柏，同樣也把琴往上一拉，讓琴起身。

「嗯，算是。」琴起身，她同時看清楚了眼前的狀況。

這裡還是貓街，上百個黑白無常正在四周輪番圍攻，加上無道的伺機猛攻，眼前的局勢確實不太妙。

「也虧得你們兩個耶。」琴看了幾眼，就明白了現下局勢，露出微笑讚嘆。「竟然可以撐到現在？」

「還敢說，不就說要等妳回來嗎？」莫言嘆氣，「就怕妳回來時太衰，一回來剛好甕中捉鱉啊。」

看著眼前的貓街，確實可以感覺到莫言與柏死守於此地的辛苦，上百名的黑白無常輪番搶攻，斧頭與鎖鍊兩大兵器肆虐，將整條貓街幾乎炸爛。

而莫言與柏嘴上雖然不和，在戰鬥上卻意外地合拍，以風築成城牆，收納袋則趁隙捕捉對手。

收納袋甚至能將風包入其中，朝著黑白無常的陣營飄過去，然後解開收納袋……

這一刻，風刃如同繁花綻放，血腥又美麗，在地上開出以黑白無常血肉為底的紅色鮮花。

再加上這裡是群貓巢穴，牠們對地形瞭若指掌，如黑暗獵手般在暗處偷襲黑白無常們，也趁機減弱了黑白無常群體的戰力。

就這樣一來一回，硬是撐過了這近半個小時，讓琴安全地重新回歸。

「咦？那個霜呢？」琴站在整個貓街中心，周圍是戰場上道行炸裂的聲響，她眼觀四面耳聽八方，立刻發現了異常。

「她見到攔阻妳不成，立馬就跑了，黑白無常將主力放在我們身上，自然攔不住她。」柏說。

「哼，打不贏就跑，真是適合當偷襲者的個性。」琴哼的一聲。

「琴，妳有什麼打算？雖然我們撐到妳歸來，但此刻黑白無常逞兇，我們恐怕也難逃包圍……」

「不用怕。」琴挺起胸膛，凝視著激戰的戰局，她臉上浮現微笑。「我帶你們出去。」

「喔？這麼有自信……」莫言說到這，看了琴一眼，這眼看了將近一秒才移開。「妳眼角有淚痕，且整個人不一樣了，妳在陽世那段時間發生了什麼事？」

「在陽世，我啊……」琴高舉右手，食指指尖朝上，指尖竄起淡淡電光。「找到蛋了。」

「妳找到蛋了，最後的食材？」柏和莫言同時說。

「對。」琴的指尖電光閃爍，然後一個小小影子，彷彿被電光吸引，輕巧地落在她的指尖之上。「而且，牠還孵化了。」

「孵化？蛋孵化了？」這剎那，莫言和柏兩人同時一愣，已經孵化的蛋又怎麼用作食材？

但也在同一時間，琴指尖的電能與那小影子互相輝映，竟然開始急遽膨脹起來，而且顏色還在不斷改變。

火熱的紅，清澈的橙，燦爛的黃，溫柔的綠，天空的藍，海洋的靛色……

當顏色成靛，那已經是汪洋般的洶湧電能，緊緊包覆著琴指尖那獸影，而獸影展開了翅膀，延伸出一個極美的姿態。

莫言是識貨之人，他眼睛大睜，聲音難得拉高。「十二陰獸，鳳凰！這不是武曲的本命獸嗎？」

「對！就是牠！所有人待命，一口氣……」琴大喊，同時手朝前方用力一比，鳳凰翅膀伸展，電能燦爛四射，同時間鳳凰身軀大了數倍，翅膀一振，就要往前飛去。

而琴如今操縱電能也是隨心所欲，她往前一踩，雙腳竟然踩著虛無的電光，跳上了鳳凰寬大的背部。

「衝啊！」琴大喊。

鳳凰振翅，電光這瞬間在貓街上空化成暴力電網，無堅不摧，無孔不入的攻擊每一個黑白無常。

下一刻，貓街遠處傳來一聲猛烈狗吠。

然後一股如刀刃的風直貫而入，殺得沿路的黑白無常身軀上下分離，甚至被風刃捲成肉末。

這風雖然恐怖，但在柏面前卻陡然停下，身體微蹲，對主人無比禮遇，而柏一翻而上。

同時柏舉起右手的破軍之矛，暴風再起，暴風與狂電相互呼應，相輔相成，威力豈止倍增。

「你有本命獸，我也有啊。」柏大吼，「嘯風犬，我們跟上！」

這剎那，漫天電網與肆虐風刃交錯，琴在空中帶著鳳凰翱翔，柏在地面領著嘯風犬狂奔，兩者合璧，化成一團無可匹敵的巨大力量，頓時撞破了滿是黑白無常的大陣。

「風電合璧！你他娘的見鬼了……怎麼這麼強啊？」黑白無常好歹也是十四主星中危險等級八以上的凶星，黑無常手上短斧猛劈，白無常鎖鍊急甩，但卻都擋不住這風電合璧的狂暴氣勢。

黑白無常們斷手斷腳，軀幹紛飛，在空中灑出一片片惡臭血雨，血肉上更帶著一股被高溫電能燒烤的焦黑，就這樣風與電硬是破出了一條路。

而風與電的尾端，則是另外一隻十二陰獸坐鎮，牠是夜影。

只見牠不斷揮爪，爪氣在空中化作利刃，砍破了每個不斷從後追上的黑白無常，保護了一波波逃亡的貓群。

群貓的道行高低不一，不少是在陰界流浪多時而被貓街收容的老貓，也有初生不久道行尚淺的幼貓，牠們依附貓街得到庇護，但此刻黑白無常夾著強勢恨意要破除貓街，這些老弱婦孺就危險了。

幸好，牠們有貓街之主夜影。

夜影有三大助手，三大白鬍貓緬因貓、暹羅貓，以及日本短尾貓跟在夜影身邊，不時衝出隊伍攻擊那些從四面八方湧來的黑白無常。

只是黑白無常畢竟是危險等級八的十四主星，他充滿惡力的道行彷彿無窮無盡，就算被風雹炸去不少，仍不斷分裂增殖，緊追著貓群。

正因為黑白無常這無限分裂的能力，讓夜影與白鬍貓殺之不盡，突然，有隻小貓落單了。

這隻身上有著黑白斑點的小貓，身形瘦小可愛，但道行極淺，牠發出驚惶的喵喵聲，已然脫離了隊伍，更可怕的是小貓背後，黑無常正舉起短斧。

短斧一落，這黑白小貓會變成一半的！

此刻驚險，但夜影和白鬍貓都被纏住，眼看已無力可救……就在此刻，一女子纖纖細手抱了過來。

這女子哼著柔軟美妙的醫者哼唱，硬是讓黑無常手上的短斧，硬生生在空中停住。

「解神女！妳要插手？」

「遇到弱者不救，這可不是醫者精神。」解神女無懼地看著頭頂上的短斧。「貪狼尊兄，倒是我要勸勸你……」

「不管啦！我要劈了這女孩，被天機那老傢伙唸上幾句也不管啦！」黑無常是凶星本性，他怒氣上湧，短斧就要落下。

但就在此刻，忽然一條透明小白龍竄了過來。

白龍速度極快，一個開闔，就把這黑無常整個吞入。

「喂，要救貓，也要注意自身安全好嗎？」白龍主人，自然就是莫言。「妳怎麼和那個傻琴一個樣啊？」

「和那個傻琴？」

「跟我後面！」莫言皺眉，一手把解神女拉到身後。

「嗯。」解神女抱著小貓，藏於莫言寬闊的肩膀之後，跟著往外衝去，看著兇惡無比的黑白無常不斷撲來，被莫言一一擋住。

突然間，解神女竟感受到一股與柏相處時，有些相似，又略有不同的感受，那是安全感嗎？

就如莫言對待琴，一邊口裡責備，一邊卻用身軀替她阻擋敵人？

「醫者，一直是照顧著病患。」解神女緊抱著懷裡小貓，挨在莫言背後。「原來被照顧的感覺是這樣啊？」

莫言並未察覺，自己確實把解神女當成琴一樣照顧，事實上，此時的琴，也早就強到不需要莫言掩護了。

她與柏是整個隊伍的最前端，兩人兩獸，展現驚人實力，閃電狂風，不斷破開黑白無常的人群。

但就在他們要衝出貓街的時候，嘯風犬突然汪的一聲，而鳳凰也同樣的啾的一聲。聽到兩大本命獸的提醒，琴與柏同時意識到，「小心，黑白無常有變化。」有變化？原本黑壓壓密密麻麻的黑白無常大軍，此刻面積竟然開始快速縮小，像是原本裝滿了水的浴缸，拔掉塞子，急速朝同一個地方匯流而去。

黑白無常，正在集中？

「黑白無常的技是無限分裂，但隨著分裂力量會分散，可是，當他們把人全部集中在一起……」柏聲音傳來。

「那就是他要施展全力的時候！」

眨眼間，黑白無常的大軍已經幾乎匯流完成，全部集中到了貓街的底端。

那是琴與柏，鳳凰與嘯風犬，莫言與夜影貓群，正要衝向的終點。

街底，剩下兩個身影，黑色的一個，白色的一個。

兩人正在笑，咯咯，嘻嘻，古怪且尖銳地笑著，然後兩人的手伸出，彼此握住。

握住的剎那，一股絕惡之氣，陡然往外擴散。

「小心！」柏大吼。

「知道！」琴感到背脊發涼，絕招要出來了。

黑無常與白無常手一握，陡然升起的惡氣之中，瞬間，兩個剩下了一個。

黑與白同時混入，那是灰，無常的灰色。

無無常。

琴曾經親眼見過，在僧幫大戰中，以琴為要脅，重創地藏的惡鬼無無常。

「世間無黑，人世無白，從此無常。」無無常咧嘴笑，然後雙手高舉，滿是惡氣凝聚。

「吾乃，無無常！」

剎那，琴與柏撞入了無無常的惡氣之中，琴感到盈滿全身的電氣竟在瞬間散去，同樣的，柏周身的風竟然也同時靜止。

莫言的收納袋瞬間綯折萎縮，貓群也紛紛軟倒。

死亡，將他們徹底包圍。

「全部，給我死在這裡吧。」無無常大笑，笑聲如鬼號，迴盪整個貓街街底。

「才不要。」

「什麼？」

「我說，我才不要！」琴的聲音帶著任性，「才才才才，不要！」

這一剎那，天空的雲氣滾滾不斷匯聚，雲氣中電光猛烈閃爍，彷彿什麼巨大的生物就要誕生。

而且電光顏色不斷改變，紅橙黃綠藍靛……紫！

「紫電！危險等級九的武曲？」無無常驚駭。

「我說不要，就是不要！不准懷疑我的任性！」

同時間，天空重重的重雲震動，一帶著紫光的電就這樣從天空打了下來，落在琴手上的雷弦上，然後凝聚出了一支箭！

紫色仍不純粹，一半仍帶著深靛色，但其威力已經足以震撼全場。

「等等！」黑白無常大叫。「我，我還沒召回全部力量，沒辦法對付危險等級九的武曲，勝之不武啊。」

「廢話這麼多，吃我一箭吧！」琴指尖鬆開，紫箭射出。

紫色電箭轟然射出，在空中劃出一條美麗直線，精準地射入了黑白無常的胸口。

箭一入體，其靛紫雙色的電能往外伸展，竟如一朵從地面升起的巨大花朵，從胸口往外綻放，一直綻放到天空重雲為止。

無比美麗，也無比戰慄。

「誰管你勝之不武啊。」琴與柏集合而成的風電之力，跟著衝出了惡氣黑團，衝過了被紫靛箭釘在原地無法動彈的無無常，一口氣衝出了貓街之外。「老娘有事要辦，哪那麼多空和你糾纏。」

無無常眼睛睜大，瞪著琴與柏，紫靛之箭正在破壞他的身體結構，而他必須用盡全力才能與之抗衡，確實沒有半點力量阻止他們了。

於是無無常只能瞪大滿是怒氣的雙眼，看著所有人從他面前一路奔過，先是在空中乘著鳳凰的琴，再是地面上騎著嘯風犬的柏。

「不順便斬草除根？」柏奔過去時，問了一聲。

「怕是沒用。」莫言跟了上來，「畢竟是無限分裂。」

「嗯，就是因為貪狼兄能無限分裂。」藏在莫言後面的是解神女，她解釋道，「每次作戰，他都會藏起一小部分的自己，所以不可能真的殺死他。」

「也對，那就放過他。」柏點頭。

跟著跑過來的是貓群，不知道哪隻貓開始，一個貓爪，就這樣有意無意地抓過無無常的臉，在他臉上劃出一道抓痕。

這抓痕不算太深，但羞辱性極強。

看到第一隻貓這樣幹，後面的貓彷彿得到了啟發，紛紛起而效尤，喵喵聲不斷，貓爪，貓尾，貓尖叫，每隻奔過無無常旁邊的貓，都留下了自己的印記。

無無常的臉，此刻滿是九宮格、十二宮格，甚至像是豆花般的爪痕。

但他不能動，因為紫靛之箭的威力仍在，他無法掙脫，只能睜著滿是怨毒的眼睛，努力記住每隻貓的模樣。

「你娘的，我，一定報仇，血海深仇，我非報不可。」無無常咬牙，牙齒咬得都泛出鮮血。「我一定報仇，武曲，給我記住。」

直到最後一隻壓尾的貓，牠身形嬌小，灰黑色澤，牠正是貓街之主，夜影。

牠四足輕躍，帶著一股輕盈與俏皮，跳上了無無常的頭頂上方。

然後牠穩穩坐好，身體微弓，一副就要開始用力的模樣。

看見夜影如此動作，所有人都是一愣，然後琴先開口。

「貓街之主這用力的樣子……不會是……」

「我猜也是。」柏擦了擦汗。

「真不愧是十二陰獸中最欠揍，啊不，最兇惡的虎之夜影啊。」莫言讚嘆，「真是太兇惡了，敢在十四主星的頭上幹這件事。」

聽到這些人的討論，無無常升起一股不好的預感，背脊更是涼透透，等等，這隻臭貓在我頭頂幹嘛？

很快地，無無常就感覺到了不對勁，因為隨著啪嗒啪嗒的聲音，他頭上多了一團東西，溫溫熱熱的，糊糊軟軟的。

那東西，還順著頭頂往下流，慢慢地，流到了無無常的眼睛處。

咖啡色的。

這是咖啡色的東西，還有一種味道，一種熟悉無比的味道……

吼！

就在無無常發出尖銳咆哮，伸手抓住紫靛之箭，不管多麼疼痛，更不管之後會留下後遺症，硬是把紫靛之箭從身上扯下時……

電與風，數百隻大大小小的貓群，早已跑得一點影子都看不到了。

第十章・百年一廚・千年一鍋

陽世。

「醒了，醒了。」

當小風睜開眼睛，她覺得頭頂的日光燈有些刺眼。

我做夢了嗎？

小風旋即搖頭，這不是夢，絕對不是夢，因為她依然感覺到內心被那句話溫暖著。

妳是我最最最最好的朋友。

她終於再次見到了琴，經過了數十年的思念，那一次又一次夜晚深沉的等待，琴回來了，回來告訴她一切安然無恙。

死後仍有一個世界，而琴正在那個世界好好活著。

她想起一個豁達的名人曾在死前留下了一句話：「死亡並不可怕，因為，往前往後都是團圓啊。」

是啊，往前往後都是團圓。

「剩下的，」小風慢慢用手支撐自己的身體，這時她發現，她床邊有個人趴著睡著了，顯然是想等待小風醒來卻體力耗盡。「就是好好活著。」

小風伸出手，溫柔地摸著床邊人的長髮，長髮很柔細，一如這女孩溫柔內向害羞的個性，小風很難想像這麼內心柔軟的人可以唱出如海嘯般充滿威力的歌聲。

這長髮女孩，自然就是小靜。

「小靜……」小風把嘴巴湊近小靜的耳邊，輕聲地說：「在這裡睡不舒服，妳要不要回家休息，我沒事了……」

但小風的話才說一半，卻聽到了沉睡的小靜在輕聲夢囈。

「夢裡相見……琴學姐那時候有說，我們會在夢裡相見。」小靜的臉上，悄悄浮現一抹淺笑。「在夢裡相見……」

陰界。

琴帶領著眾高手還有貓群，一口氣撞開黑白無常的人群防禦網，朝著硬幫幫方向前進。

「琴，」莫言跟在琴的旁邊，問道，「剛剛在陽世，妳找到第五樣食材了？」

「第五食材是蛋。」琴摸了摸此刻正站在她肩膀的小鳳凰，「我確實找到了蛋，但是蛋已經孵化成鳳凰了。」

「咦？」

「但我倒是不怎麼擔心，我認為當年武曲寄放在小風身上的，就是鳳凰，而這鳳凰肯定就是完成『聖．黃金炒飯』極度重要的元素。」琴自信地說，「米、高麗菜、肉、橄欖油，以及最後的蛋，武曲留下的五項食材，我應該已經找齊了。」

「找齊五項食材，那，接下來妳怎麼打算？」

「還有一件事得完成，那就是找人來炒這盤『聖．黃金炒飯』。」

「妳要找誰？」

「那個人老早就出現了。」琴微笑，「那就是天廚星冷山饌。」

「對，若是他，確實有辦法。」莫言沉吟，「天廚星向來是一百零八星中最擅長廚藝，不過近年來都沒聽到他的消息……」

「是的，冷山饌雖不再掌廚，但卻四處遊歷，他甚至出現在周娘牛肉麵店，指點了周娘幾招，讓她牛肉麵的口味大幅提升。」

「以妳現在的實力，要找人，也許不難，但是……」莫言回頭看了一眼，此刻跟在琴身後的隊伍，確實有點長。

數百隻貓咪，離開了貓街，此刻正跟著琴等人。

「雖說實力強了，但也麻煩了，你想說的是這件事嗎？」

「是。」莫言淡淡苦笑，「貓街群貓本身已經有一個中型黑幫的實力，再加上我們有硬幫幫，妳幾乎就是一個新的大型黑幫，只差一步就能挑戰紅樓或道幫了，這麼明顯的目標，妳以為政府會放過妳嗎？」

「喔原來你擔心的是這件事啊，嘿，如果真的放不過，就別放了吧。」

「咦？」

「躲躲藏藏太不像我啦，不夠任性。」琴大笑，「我可是超級任性的武曲啊。」

「嗯。」

「開戰吧。」琴抬頭挺胸，「我們光明正大地找到冷山饌，完成『聖．黃金炒飯』，找回武曲的回憶，然後就對政府宣戰吧。」

「妳認真的？」

琴的腳步停，轉過頭，看向莫言。

長髮，高挑，陽光下精巧的五官，嬌小可愛的虎牙，閃爍在她迷人的笑容裡。

「我是認真的。」

一字一字，沒有半點遲疑。

莫言看著琴，短短的剎那，他竟然感到自己冷卻已久的血液沸騰起來。

數十年前，黑幫大戰之前，是不是就是這一個美麗的背影，振臂高呼，掀起了陰界有史以來最豪氣的革命。

如今，這女孩就要回來了。

「想太美了。」莫言畢竟是神偷，他強行抑制住內心的激動，開始展現壞嘴天性。

「先別說妳還沒拿回武曲全部的記憶與力量，就算拿回了，政府裡面有無敵的天相、聰明絕頂的天機，更有六王魂坐鎮，紅樓還有廉貞，妳要如何與他們一戰？」

「我知道，但是，我有你們啊。」

「啊？」

「有你們，我就不怕了。」琴一笑，然後轉身繼續往前走去。

有你們，我就不怕了。

此刻，天空一片晴朗，雲朵好高好高，莫言突然有一種，想要追隨琴背影的衝動。

該死，這臭女孩有必要把話講得這麼打中人心嗎？我堂堂神偷，怎麼越來越控制不住自己啊？

而當琴帶領著群貓往前，另一個身影也來到了她的身邊。

「琴，我要暫時告別了。」說話的是柏。

「喔？」琴看著柏，「你要回政府了？」

「嗯。」柏點頭，「是的，這場劫獄結束，妳也順利從陽世拿到了蛋，我是該離開，去做我想做的事情了。」

「你要回政府？」

「嗯。」

「等一下！留在黑幫裡頭比較好吧？」琴看著柏，眼神透出些許不捨。「黑幫自由自在，也沒有那麼多爾虞我詐，我們一起好好幹，也能推翻政府，改革陰界啊。」

「我有自己想走的路。」柏看著琴，忽然，一股既陌生又熟悉的強烈感覺湧上心頭。當年，破軍離開武曲，轉投入政府，究竟是什麼樣的心情？是因為心懷遠大抱負，覺得黑幫的路終究無法完成志願？還是破軍心裡那個驕傲而衝動的男孩，因為不想始終跟在女孩的身後，更想證明自己，所以選擇了一條被唾棄的路？

這一剎那，柏竟然有些錯亂，到底是哪一個呢？

「柏，政府中那幾個六王魂老奸巨猾，會害死你的。」琴看著柏，語氣懇切。「留下來，跟著我，我有一整個黑幫，好幾個伙伴，還有一大群貓哩，好嗎？」

留下來，跟著我？柏心中莫名的一股氣上湧，琴越是說，柏就越要離開。

「我不是貓派，我是狗派……我認為體制內的改革，才是最終會成功的那一個，我會證明我自己！」柏深吸了一口氣，同時周圍的風開始捲動，捲動了柏的身軀，他的雙腳離地，就要乘風而去。

「這有什麼好證明的啦……」琴嘟噥，她不懂這男生在想什麼啊……

「走了。」而當柏有了動作，他的伙伴也跟著從群眾中走了出來。

溫柔婉約的解神女、一身鋼鐵的忍耐人、技能組最多的小曦，當然，最重要的還有柏的老戰友，嘯風犬。

嘯風犬一離開，貓群立刻喵喵聲不斷，聲音中帶著一股催促，似乎是迫不及待地要這頭犬系陰獸離開。

「那就，保重。」琴知道留不住柏了，只是輕輕一嘆。

「嗯，妳也保重。」柏轉身，周圍風力陡然加強，帶著他飛入上空，朝政府而去。

而琴目送著這道強風遠去，她回想起這段驚險的日子，公路幫與轉輪王的對決，蘭陵監獄差點喪命，政府那段低調但有趣的養傷，貓街裡頭力抗黑白無常……還有在逃出天同星孟婆時，那深黑隧道中柏手心的溫度。

「會再碰面吧。」琴低語，內心升起一股不安的預感。「下次碰面，我們還是朋友嗎？」

同樣遠去的柏呢？他緊閉著嘴，壓抑著內心的情感，他想要貫徹著自己的理念，從政府體制內改變陰界，但他的心情仍掙扎，這樣做真的是對嗎？

「下次碰面，我們還會是朋友嗎？」

此刻，兩個人帶著不同的選擇，卻是相同的疑問，各自奔向自己的道路。

當琴回到硬幫幫，一聲令下，所有人都出動去找尋起冷山饌的蹤跡。

不愧是送貨為業的硬幫幫，一旦啟動起尋人模式，其威力當真是不同凡響，遙遠到山巔稜線，深入到百里海溝，偏僻到暗冷小巷，熱鬧到萬人集會，硬幫幫都有人前去探尋冷山饌蹤跡。

只是奇怪的是，幾週過去，竟然沒有人回報任何冷山饌的消息。

冷山饌的廚藝驚人，照理說，無論到哪裡都會成為陰界子民注目的焦點，但數萬硬幫幫幫眾，對大街小巷如此瞭若指掌，竟然都打聽不到冷山饌的蹤跡？

「真奇怪，為什麼找不到？」這一日，硬幫幫總部內，琴托著下巴，看著窗外明媚的陽光。「我以為冷山饌師傅應該不難找才對……」

「也許，這就是問題。」一旁的莫言沉吟，「如果天廚星這幾年完全不出手呢？」

「為什麼？就算冷山饌師傅受傷，對美食的渴望應該是來自他星格的天命，怎麼能忍得住？」

「這就是他厲害的地方了。」莫言說，「就像要我神偷忍住不偷一樣，他肯定是為了某一件事，而必須忍住！」

「嗯，如果他忍住不出手，就沒有江湖傳言，那我們該怎麼找他？」

「這確實有點難度。」

「啊，我有辦法了。」琴笑了，露出虎牙，就是她鬼點子蹦出來的模樣。

「喔？」

「人找不到，我們有陰獸啊。」琴伸出食指，「陰界的貓，可是陰界最強的物種，尤其是對吃東西這件事，所以要牠們去找一個全身都是美食氣息的人，肯定沒問題的。」

「好主意！」莫言說到這，想了一下。「另外有一件事，我最近覺得有些怪？」

「另外有件事？」

「對，那就是政府的動作。」莫言沉吟，「前幾日陰沉少女等五暗星來找我報告幫內事務，她說政府不知道為何，停止對我們追捕了。」

「啊，我以為是上次追捕造成民怨……畢竟我們硬幫幫攸關民生……」

「這肯定是一個原因，但就怕原因不止於此……」莫言皺眉，「政府內的六王魂，就像一頭頭兇猛的野獸，野獸若是安靜下來，可能就要發生大事了。」

就要發生大事了嗎？琴看著莫言，想到政府，忽然間，她想起了柏。

幾週前，他們分道揚鑣，柏不就是要回去政府嗎？

柏畢竟和琴一同在貓街抵禦了黑白無常的攻擊，他這樣回政府，安全嗎？

還有，政府內部六王魂兇猛且狡詐，柏這死腦筋，真的能撼動政府，達成他所想要的「體制內改變」嗎？

柏，他現在還好嗎？

確實，此刻的柏呢？

此刻，他正站在天相殿的主殿內，他面前有三人，一坐兩站，散發十足霸氣。

坐著的人，面容五官如刀刃雕刻，不苟言笑，全身散發深沉黑洞氣息，讓人望之生畏，正是天相星岳老。

其一站立之人半黑半白，型態詭異，同時散發出極惡之氣，正是曾在貓街中追殺琴與柏的貪狼星黑白無常。

另一位站立之人，氣質與前兩位截然不同，他一身髒污書生服，臉上戴著無框眼鏡，笑容憨厚，眼中又偶爾閃過精光，他自然是天機星吳用。

「參見天相、貪狼，以及天機。」柏傲然而立，他經歷了蘭陵監獄與貓街之戰，整個人鬥氣內斂，道行又往上提升了幾個檔次，如今，站在兩大主星之前，面對巨山般壓力，他亦不露怯，顯得自在沉穩。

「破軍，你還敢回來，真不怕死啊。」黑白無常說起話來有兩股聲音，一高一低，同時發音，讓人聽得渾身不舒服。

「我相信政府理念，又未做虧心事，有何不敢回來？」柏此刻一改與琴等人相處時的溫柔沉穩，他道行外顯，屬於凶星破軍之氣，如利刃四射，足以和眼前黑白無常抗衡。

他聲音低沉，有如老虎低嘯，竟用氣勢把黑白無常逼了回去。

「你……」黑白無常臉色一變。

「三大凶星，殺、破、狼。」柏狼瞪著黑白無常，「貪狼可是排行在破軍之後，給我乖一點。」

「這小子！」黑白無常大叫，「我要殺了你，我要——」

「你能嗎？」

「我……」

「你不能喔。」天機吳用突然開口了，「我們破軍可是功臣呢。」

功臣？柏一愣。

「天相最顧忌的兩個主星，第一個太陽星地藏，靠著柏的情報引來武曲，然後在蘭陵監獄中，被天相確實殺死。」

「你在說什麼……」柏感到背脊發涼，這一切真的是一場計謀？整個蘭陵監獄事件，目標真的是地藏？是武曲身上的地藏？

「而且，還有第二個呢。」黑白無常嘿嘿笑著，接口道。

「第二個是什麼？」柏咬牙。

「天相，不，整個六王魂最擔憂的人，就是消失多年的紫微帝星，他藏入陽世，原本要在『易主』時刻回歸，他雖然武力不強，但天生的領導力確實麻煩。」黑白無常說，「但靠著武曲引出紫微帝星，雖然沒有讓他魂飛魄散，但至少魂魄受損，只能留在陽世了。」

「啊，那場貓街之戰……」

「是的，」吳用淡然一笑，「我們真正的目的，根本就不是武曲，而是武曲藏心之處，紫微帝星。」

「啊……」柏睜大眼睛。一切都是局？

「哼，不然你們以為，你們這麼誇張明顯的行動，包括去拜訪孟婆，找群貓，我們政府會沒有辦法阻止嗎？嘿嘿。」黑白無常冷笑，「你當我們政府是傻子嗎？」

「可惡。」柏握拳。

「而這兩大阻礙如今已經去除，所以才說，破軍你功勞甚高，確實不該殺啊，哈哈哈。」黑白無常大笑。

「哼……」柏全身道行湧動，他憤怒，但他卻知道，此刻面前三人，他打不贏。光一個始終沒有出聲的天相，就不是他可以對付的。

而就在此刻，天相開口了。

「留你，是因為你還有用處。」

聽到天相說話，柏的背部肌肉竟然不自覺地縮緊，這天相聲音竟有如從深沉無光的深谷中所發出，莊嚴中帶著陰冷殺意，讓人不自覺地膽寒，該死，這天相的道行又提高了嗎？

「易主將至。」天相冷冷地說，「你，不能死，因為還有一個人要你殺。」

「誰？」

「此人隱沒甚久，但易主將至，為避免七殺降世，得除去此人。」

隱沒甚久？七殺降世？這一刻，柏聽矇了，這一切到底是怎麼回事？

「我想，你一定聽不懂吧。」這時，吳用開口了。「來來，讓我天機星替你解釋一下，易主這件事古來的規則。」

「嗯。」

「易主每六十年為一週期，最後強者會成為主，此主便會決定下一個六十年陰界與陽世的運勢。」

「哼，我知道。」

「易主之中有一古怪規則，我先問你，十四主星公認最大凶星是誰？」

「殺、破、狼……自然是七殺。」

「七殺確實是第一凶星，你可知七殺的七，來自何處？」

「七殺的七……」柏愣住，這個七，有那麼重要嗎？為何與易主規則有關？

同樣在陰界，硬幫幫基地之處。

琴已然湊齊五項食材，下一步便是找到烹調達人天廚星冷山饌，只是此人竟然數年不下廚，將自己行蹤完全掩蓋，為此琴只能轉而拜託貓群。

貓群之首，自然是貓街之主夜影，只見夜影看似懶洋洋地動也不動，但尾巴卻悄悄地直立起來，接著，牠發出一聲充滿魄力的低喵聲。

喵聲一起，群貓頓時動了起來。

只聽到喵聲一聲跟著一聲，從硬幫幫的總部不斷往外傳了出去，短短的數分鐘內，喵喵聲就已經傳了數十公里遠，一日之後，甚至是整個陰界的貓，都收到了這訊息。

貓街之主有令，找到那個人。

找到那個身上散發美食氣味的人。

找到那個雙手曾沾染濃郁芬芳甘甜食物氣味的廚師。

消息一出，結果卻出人意料，因為第二天，清晨下過雨，陽光再次破雲而出，把硬幫幫總部前的廣場照耀得一片金黃時，那個人出現了。

周圍簇擁著數十隻貓咪，貓咪不時跳起，聞著他的雙手，肩膀上更掛著幾隻貓咪，那個人，被找回來了。

「嗨。」那個人站在琴的面前，衣服破舊，面容疲倦，但仔細看去，身體多處細節卻極為乾淨，尤其是他的雙手，寬大柔軟且無比潔淨。

這是令琴無比熟悉的特質，這是屬於廚師的特質，那雙手創造出來的食物，絕對乾淨衛生。

「冷山饌師傅。」琴站在這男人面前，她開口時，發現自己莫名哽咽，這是琴初踏入陰界時所追隨的第一位長輩，相比於當時的青澀，此刻的自己已經截然不同。

「真的，好久不見啦。」冷山饌笑起來眼尾皺起，頗為慈祥。「我們的琴，嗯，變自信也變漂亮了，這幾年的硬幫幫，確實被妳做得有聲有色。」

「過獎啦，師傅，快點進來坐，這些年你過得好嗎？」琴往前，拉住冷山饌的手，往總部內走去，周圍的貓咪繼續圍著，彷彿冷山饌師傅本身就是一道極品美食。

「我啊，在找鍋子啊。」冷山饌微笑。

「鍋子？」

「當年武曲給了我五樣食材，食材古怪且神奇，說是這五樣食材對她充滿回憶，希望透過一道菜餚將所有回憶好好封存，我費盡心力想出了一道炒飯完成它。」

「嗯，就是聖・黃金炒飯？」

「是的，當年炒上這一飯，用的就是阿曾師的鍋，他是道幫一位奇特的鑄鍋師，生平共鑄九十九鍋，每一鍋都刻上編號，許多美食家不只評食物，也評鍋，說阿曾師的鍋確實是鍋中聖品，更有許多收藏家將阿曾師的鍋子視為珍寶，其中這九九鍋中可排出高下，其中評價最高的有五，編號7、編號42、編號97、98，以及編號99。」

「一個鍋，還這麼多門道？」琴在陰界住久了，知道這世界荒誕不經，想像力十足，倒也見怪不怪。

「是的，這五只鍋，各自代表阿曾師生平，編號7是他少年所鑄，鑄工粗但熱情洋溢，適合處理大火快炒，編號42乃是中年所鑄之極品，可用於各式菜餚，尤其是精雕細琢的功夫菜，這鍋能盡情展現細緻與瞬間高溫，編號97則是晚年所鑄，此刻的阿曾師對鑄鍋一道已臻化境，到此刻，可說是收放自如，但最令人難忘的則是此鍋細火慢燉的功夫。」

「一個鍋，道盡一名偉大工匠的人生啊。」琴連連點頭，「可是97後面還連兩個鍋98和99，難道是編號97鍋之後還有領悟？」

「正是！阿曾師鑄完97之後竟有新的頓悟，他將鍋子交給我測試，當時他望著97鍋煮沸水，各式食材浮沉，數個小時之後，他突然大叫一聲，往後暈倒，等他昏睡起來後，立刻不眠不休地開始鑄鍋，經歷了九天九夜，打造了編號98號鍋。」

「厲害。」琴聽得是津津有味，而身邊不自覺圍上了莫言、五暗星等人，這故事乍聽下荒唐古怪，但莫名地吸引人心。

也許，講的故事是食物，也就是陰魂們最能感同身受的事情吧。

「編號98鍋其色雪白如玉，竟是一個透明鍋，我問他這材料依然是鐵？他說是，他說他從97號鍋中領悟了鍋材的極致，透過來回淬火與神妙工法鑄造，鐵色就這樣越來越透，最後竟變成了一只透明玉鐵鍋。」

「那這98號鍋厲害嗎？」

「當真厲害！」

「喔？」

「所有食物彷彿一沾即熟，再煮下去更會迸發原食材沒有的美味，牛肉會增添蔬菜香氣，湯中原本只有白蘿蔔，卻冒出濃濃起司香，這鍋彷彿另外一位絕頂廚師，深入食材內部，將深藏於食材內部的隱藏因子再次釋放，變化出截然不同又渾然天成的新食物，這，編號98鍋堪稱極品之作。」

「這編號98鍋已經神乎其技了吧？但是，後面還有編號99鍋？」琴訝異，「難道99號鍋還比98號鍋更上層樓？」

「是的，當鑄完98號鍋之後，阿曾師將鍋子給我，便孤身離開道幫，消失了整整三年，這三年內我沒聽說他鑄過任何鍋子，甚至連任何廚具都沒碰過，我訝異，這麼愛鑄造與愛廚具美食的人，怎麼可能忍住三年，完全無聲無息？直到有天，他突然出現在我面前，手上拿了一樣奇物，就是99號鍋。」

「嗯！」

「說是奇物，是因為我根本看不出它是鍋子，它外型不規則，沒有弧度，根本就是一塊平平的大鐵片。」

「哇，那，那怎麼裝食材？怎麼炒肉？怎麼燉湯？」

「問題問得好，當我將菜與肉放置其上，奇事發生了，所有的食材自動聚攏於中央，半點都沒有外流，而且食材在鐵盤各處就像是得到了生命般，竟然開始跳舞。」

「跳舞？」

「是的，鐵盤彷彿一個歡樂無比的大樂園，讓每個食材找到自己最美味的烹調方式，食材因此像是活過來般開心。」冷山饌閉上眼，「那一刻，實在震撼啊，一塊大鐵盤，上頭花花綠綠的食材，蹦蹦跳跳，熱氣蒸騰，滋滋作響，美到連我這個老廚師都忍不住眼眶泛淚。」

「這麼厲害……」琴感同身受，旁邊圍上來的硬幫幫幫眾也一起猛吞口水，飢餓難耐。

「只是當時的我，舉起鍋鏟，卻遲遲下不了手。」冷山饌嘆氣，「這一幕太美，食材烹調已經渾然天成，我竟然不知道該如何下手？」

「啊？」

「而阿曾師見到我猶豫，他只是輕輕嘆了一口氣，眼神寂寞，當這次菜餚烹調完畢，他收起編號99鍋，對我說：『頂級的鍋具需要配上頂級的廚師，冷山饌師傅，您是否不知道該如何與此鍋共存？』我低頭慚愧。『是，我確實不知道該如何使用此鍋。』阿曾師再嘆氣說：『確實，此鍋確實將會孤獨百年啊。』。」

「好可惜，這麼厲害的鍋子耶。」

「從此，阿曾師就將編號99的鍋子帶走，我猜他踏遍陰界各處，應該是要找到能與編號99鍋分庭抗禮的廚師，但始終找不到，而我數年前聽聞他已經過世，99號鐵鍋不知道流落何方，我才啟程前去尋找。」

「原來是這樣，原來阿曾師過世了，而冷師傅是去找鍋子了……」

「當年的聖．黃金炒飯用的是編號98的鍋子，此鍋不只將五道食材完全融合，化成一碗驚天動地的美食，其滋味更是千百萬種，全都是武曲的回憶。」冷山饌微笑，「當年存著武曲回憶的炒飯，若要重現，得用上更好的鍋子才行……」

「為什麼不能繼續用98號？」琴忍不住問，「現在柏在政府，也許我們能找他把鍋子帶出來。」

「不可不可。」冷山饌搖頭，「這十餘年，妳走過陽世，失去過記憶，入過道幫，與地藏成為莫逆之交，嚐過冷暖，看過生死，妳的歷練更多了，舌尖能容納的味覺更甚以往，要完全融合妳和武曲的記憶，得用上更好的鍋子才行。」

「所以，冷山饌師傅，你這麼多年隱匿行蹤，捨棄最愛的烹調，就是為了替我……替我……」琴聽到此刻，突然明白冷山饌這些年的執著來自何處？竟是琴自己。「替我完善所有的記憶，才去找編號99的阿曾師之鍋？」

「呵呵，不碰烹調又如何？那個阿曾師，不就為了煉出編號99之鍋，三年間戒除鑄造一事。我若不如此，又如何挑戰當年讓我望塵莫及的99號鍋。」冷山饌閉上眼，深深吸了一口氣。「其實，這不單單是為了妳，更為了我自己，如今找到了鍋子，老夫要與99號鍋共舞，完成你的心願啦，阿曾師。」

「冷山饌師傅……」

「況且，易主將近！」冷山饌說到這，原本溫柔的目光轉為嚴肅，看著琴。「此事緩不得，妳既然已經找到了五樣食材，我們即刻開始準備這道『聖．黃金炒飯』。」

「緩不得？」琴歪著頭，「我老是聽到什麼『易主』『易主』的，每個人都好像怕得要命，但我卻沒有什麼實際感覺，冷山饌師傅，易主到底是什麼？」

「六十為一甲子，十四主星最強者為主，主星便會輪替。」

「那又如何？」

「易主對你們十四主星是異常凶險的，妳不知道嗎？」

「凶險？」琴訝異，「因為我們會殺來殺去嗎？假設我不搶，不去互相殺伐，好好躲著，不就沒事了嗎？」

「不，身為十四主星，就算不想爭奪易主之位，也會死的。」

「咦？也會死？」

「妳還不懂，為何『七殺』位列殺星之首？」冷山饌語氣嚴肅，「以及他那個七，到底為何而來？」

七殺的七，到底為何而來？

陰界，政府。

「七殺的七，究竟為何而來？」柏感到天機語氣中莫測的玄機，他咬牙追問。

「七殺的七，指的是七個主星的命，」吳用嘴角揚起，「每一次易主，天命上，總會死去七個主星，不知為何，也許對天道而言，十四主星分別代表世間的十四種運道，每六十年必須輪轉一次，要讓世間半數的運道重新更替。」

「所以每次易主都要死去一半的主星？這也太荒謬。」柏哼的一聲。

「天地向來不仁，我們就算窺破天機，也難以扭轉，只能順勢而行。」吳用嘆氣。

「但，死去一半主星又怎麼樣？若我不去爭霸天下，找個地方安安妥妥地躲著，誰又能殺我？」

「你這想法，歷代主星可不少人想過，甚至做過，但始終沒有人成功。」天機說到這，露出苦笑。

「為何？難道會有天雷落下，將躲藏起來的主星劈得魂飛魄散？」

「倒也不是，我們陰界不時興雷劫這一套，而是會有一個主星在此刻甦醒，然後，提著他的刀，無差別地斬殺七個主星。」

「一個主星在此時甦醒，然後無差別地斬殺七個主星？」

「此星的技能莫名其妙，乍看之下毫無用處，但又偏偏是所有主星共同的剋星。」天機再次嘆氣，「那就是技能無效化。」

「技能無效……」柏心中一顫。他曾經見過這樣的技能，但那個人，明明不在陰界啊。

「七殺就是那個人，他每次易主時候便會出現，以他無效化的技能斬殺主星，直到主星死滿七個為止。」天機說。

「這就是你說，七殺命中帶七的理由？」柏戰慄感越來越強，「那七殺何時出現？」

「快了，短則一個月，長則三個月。」吳用看著柏，吳用那雙看似讀了太多書，瞳孔有點渙散的眼睛，此刻閃爍著狡猾的光芒。「破軍啊，你可知，七殺降世的含意，無論此人在什麼狀態，嬰孩、新魂，甚至還在陽世，只要時間到了，他都必須來到陰界。」

「來到陰界，對陽世而言，就是死了，對吧？」柏心跳加快。

掌握讓技能消失的人，那個符合七殺命格的人，如果就是柏所猜測之人，那個人明明就還在陽世啊，難道易主一到，她就要死……？

「所以，破軍啊，你覺得，」吳用不知道何時，臉已經湊到了柏的面前，透明眼鏡下的雙眼，直直地盯著柏。「那個七殺是誰？」

柏感到頸部後方，滑下一絲冰冷的汗珠。

「是她……」

「對，」吳用笑了，「你猜對了，就是她。」

「七殺降世，她會來到陰界？」柏吞了一口口水。

「但有辦法可以阻止。」天機說到這，眼睛往後瞄向了坐在後方，沉默的王者，天相。「你說是嗎？天相老大。」

「是的，所以這就是我們留你下來的原因。」天相如刀刻般的五官，露出淺笑，明明是淺笑，卻飽含著令人畏懼的殺意。「方法很簡單，只要殺滿七個主星，七殺就不會出現了。」

「啊？」

「所以，去殺吧，為了救你的心上人，那個人，就是堪稱最低調的主星，天梁星三釀老人。」

陰界，硬幫幫總部。

「七殺的七，到底是什麼意思？」琴追問著冷山饌。

「我長年旅居於政府，替主星們烹調美食，聽到六王魂討論幾次。」冷山饌嘆氣，「七殺的七，指的是每次易主，七殺星都必須殺死七個主星，方能完成這次易主。」

「我的媽啊，這是什麼爛設定，一定要自相殘殺嗎？」

「那算了，七殺是誰，我來好好勸他。」琴搖頭，「叫他別殺人。」

「妳勸不動的。」

「我有拳頭，啊不，我有美麗的臉龐和溫柔的心，我誰都可以勸得動。」琴露齒展現溫柔笑容，但這笑容一出，不知道為何包括五暗星和莫言，都不自覺地打了一個冷顫。

「等等，剛剛誰打冷顫？給我出來！」琴雙手扠腰，回頭瞪著她這群伙伴，當然，所有人都只是左顧右盼，吹著口哨，假裝沒事。

「沒辦法的，據六王魂說法，這是天命。」冷山饌嘆氣，「這七殺星還擁有一個你勸不了的能力，『技能無效化』，有此能力他便能說殺就殺，是非常可怕的角色。」

「可怕的角色又如何……咦？等一下，你剛剛說什麼能力？」琴一愣，轉頭看向莫言，莫言似乎也想到了，眼神瞳孔微微一縮。

「技能無效化。」

「讓人技能無效的能力？」琴身體微微顫動，「是施展起來，大家的技一起不見，還會伴隨著像是酒的泡泡，音樂海浪，之類的東西嗎？」

「這老夫就不清楚了，只知道這是一個存在多年的易主法則，七殺一旦降世，十四主星要死去一半才會停止。」

「這樣不行，我得阻止七殺降世！」

「咦？為何如此激動？」

「因為，我一直覺得，她就是主星，對，她和小風的感覺一樣，如果小風是紫微，那七殺就一定是她。」琴抓住了冷山饌肩膀，「她不能降世，一降世，不就是來到陰界了嗎？那她不就死了嗎？而且一到陰界就要殺七個？這誰受得了？」

「等等，琴，妳不要激動，妳認識七殺？那她是誰？」

「她，她是我學妹啊。」琴大叫，「她，她是小靜啊。」

陽世。

小風病癒，小靜的專輯上市，本來一開始乏人問津，但因為 MV 起了化學作用，

MV從第一天百人點閱，第三天五百人點閱，然後人數就這樣不斷往上衝刺。

影片的點閱率是如何暴增的？每個觀看者觀感似乎還不相同。

有人說，這首歌內的音樂如海浪，一陣陣撲面而來，浪中帶著陽光氣息，彷彿回到年少時的夏天，炙熱的中午驕陽刺著皮膚，熱熱燙燙的浪，與朋友歡暢的笑聲迴盪在耳邊，因為這份熟悉，他給了影片一個讚。

有人說，聽著音樂看著MV，到後來竟然不自覺地挺胸端坐，雙手放在膝蓋上，彷彿參見偉大君主，因為這份驚人的拜見心情，所以給了影片一個愛心。

而仍有少數人分享影片的原因，與上述兩者截然不同，他們在影片中，感受到了，死亡。

另一個世界的呼喚，一個更為暴力赤裸的世界，同時卻純真而精采。

那是這一群人，曾經感受過，卻又無法具體說明的東西。

他們相信這影片傳遞出了什麼，於是他們毫無猶豫地分享了這影片，給那些與自己相同的人。

這些人，來自各行各業，有老有少，有的西裝筆挺，有的卻以粗工為生，有的仍是學生，有的卻已經一方富豪，但，他們有一個共通特性，那就是他們縱然看來樂觀開朗，卻都有著一份深沉的陰暗，那是能夠感受到死亡氣息的陰暗。

〈給琴〉這首MV，有如一顆小小石子，丟入偌大的湖面，乍看之下只是泛起幾抹水紋，但事實上卻在片刻之後，一點一滴，一絲一毫地掀起了難以想像的大浪。

大浪，席捲了整個音樂湖面。

然後浪還不停，繼續往外，洶湧往外擴散，甚至淹沒了周圍的土地。

「啊啊啊，」開會中，小萋下意識地滑了滑手機，忽然發出大叫。「什麼鬼啊！」

「幹嘛大叫，是開會開到睡著了嗎？」新導演抬起頭，「需要咖啡嗎？快來兩杯。」

「不，不是。」小萋手正在發抖。

「什麼不是？」

「你的 MV……那個叫做〈給琴〉的 MV……那個我們以為是你發神經才寫出來的 MV……」

「怎麼啦？」

「爆了。」

「什麼爆了？」

「點閱次數爆啦！瘋狂的爆啦！哈哈哈！九十二萬了，我的天，不，是九十三萬？」

小萋抬頭看著新導演，發出癲狂的笑聲。「現在是九十四萬了，哈哈哈。」

「一秒一萬？你當是少林足球的台詞『一秒十萬上下』啊？最近開會開到瘋啦？」

新導演笑著搖頭，也拿出自己的手機，滑開一看。

九十八萬了。

什麼鬼！

同時間，電話響起，打來的是另外一個伙伴阿龍，他的聲音是用吼的。

「〈給琴〉的 MV，爆紅啦，老大！」阿龍聲音就要失控，「好多客戶打電話來問我們，這片是不是我們工作室拍的，他們有片子要給我們做！發財啦！」

發財了？新導演呆呆地看著影片的數字。

悄悄地，六位數結束，跳上了七位數，一百萬了。

單支影片百萬點閱，而且在短短一週內，這是每個拍攝影片者的夢想，更是難以達成的天險。

這支影片做到了？它是如何做到的？

一百零一萬、一百零三萬，它還在增加……甚至是當有不知名的人替它配上各種外語翻譯，它又再次如巨龍昂首，點閱數上了兩百萬。

新導演看著手機上的數字，他想打電話給那兩個人，但卻遲遲沒有按下撥出鍵。

他發現自己正在遲疑，因為拍攝過程中最後出現的身影，那高挑苗條的身影，那身影偶然回頭時的模樣，很可愛，也很漂亮，除了讓新導演怦然心動之外，他還感覺到一股特別的氣息。

那是一種類似天地大運的氣息，彷彿有什麼極大的事件就要發生，一切就從這部影片開始，不，應該說，大事件正在發生，而這部影片扮演了某個重要無比的關鍵。

因為這份奇怪的感悟，讓新導演沒有打電話通知那兩人，他的雇主，小風與小靜。

不過，當時間晚上十一點，當影片的點閱終於衝破了三百萬時，新導演還是鼓起勇氣，撥出了電話。

奇怪的是，小風沒有接，新導演掛斷電話猶豫了幾秒後，改撥小靜的電話號碼。

嘟嘟兩聲後，小靜接起電話。

「喂。」

「小靜嗎？很抱歉這麼晚了還打電話給妳們，因為，有個好消息。」新導演說著。

「嗯。」電話那頭，小靜卻只是嗯的一聲。

「就是〈給琴〉點閱率破三百萬嘍！」

「嗯。」小靜依然是不冷不熱的嗯的一聲。

面對小靜太過冷靜的態度，新導演突然間覺得窘迫，他是不是打擾到對方啦？他記憶中小靜雖然沒有小風這麼行事幹練，但外表溫柔嫻靜，應該是很善體人意才對啊，這樣的態度，也太冷了吧？

「三百萬很厲害喔，妳知道這很厲害吧？在現在網路為王的時代，每一個點閱率都是一次行銷，也都是一次現金流。」新導演說得是口沫橫飛，「這三百萬包括各大串流平台，等於每七個人就有一人看過影片，這些人如果在對別人討論，就可能打造出一千萬，甚至是三千萬的行銷次數。」

其實，新導演熱愛藝術，他也不是那麼在乎行銷數字的，只是面對小靜的冷淡，他不自覺地想要引起對方的注意，可惜的是，他依然失敗了。

「嗯，不錯啊。」

「是超級超級不錯啦……我，我說完了，抱歉，我好像吵到妳們啦。」新導演終於放棄了，「其實我早就想打電話了，只是那天的情況，有點特殊，所以我才猶豫了這麼久，對不起啦，那我掛斷——」

「新導演。」小靜的聲音在此刻，突然有了稍稍的改變。「你說那天的情況，有點特殊嗎？」

「嗯，對啊，妳們三個人的樣子，很特別。」

「三個人……」

「對，咦，不是三個人，啊對，是兩個人嗎？」

「所以，你看得到第三個人？」小靜的聲音，在此刻有了情緒，甚至有些急促。「難道，你看得到琴學姐？」

「呃，那是琴學姐？高高的，很漂亮那一個？」

「對！」小靜聲音變急了，「你果然看得到！」

「對，我好像，也，看得到……」

「那你現在可以過來嗎？」

「現在？」

「是。」小靜的聲音，此刻竟帶著緊急與懇求。「你如果也看得到，代表你也有星格，小風學姐失去了力量，而我，我現在不知道該怎麼辦？」

「啊？什麼意思？」

「拜託你，如果你也看得到……卡……嘟嘟……」突然間，小靜電話發出卡的一聲，竟然斷掉了。

「我也看得……咦？」新導演一愣。

怎麼突然掛斷了？發生了什麼事嗎？新導演看著手機，遲疑了幾秒，慢慢地滑動手指，他記得有次去小靜家拿音樂帶子，那時候，曾存過小靜的租屋地址。

新導演困惑，為什麼小靜一開始這麼冷淡？但卻在聽到自己也能看到第三個人時，態度驟變？她又為何希望自己在這個時間趕去？

就工作的關係而言，新導演絕對不會在此刻出門找小靜，但他內心卻隱隱有個聲音告訴他。

他所感受到的，這關於陰與陽的大事將近，與這件事有關。

他，該不該去？

而在小靜這邊，她的租屋處，她確實掛上了電話，掛上電話原因，就在她的面前。那裡，躺著一頭剛被利刃剖開肚子的巨獸，巨獸全身長著柔軟的毛，那是曾經多次在夢中保護小靜的伙伴。

牠的傷口很大，整個腹部都被剖開了，但卻沒有流血，因為在瞬間就被極冷寒冰封住傷口，一滴血也流不出來。

而製造這傷口的人，長髮，高挑，神情任性，竟和琴學姐有七分相似，只是小靜知道，這人不是琴學姐。

「這頭夢貘，在百大陰獸中排行四十三，實在棘手。不過，還不是我們的對手。」那與琴外貌相似的美麗女子淡淡微笑，「尤其是此刻，沒有了紫微帝氣保護，更是不足為懼。」

「什麼夢貘，我聽不懂。」

「不，妳懂，從 MV 事件後，妳早就懂了，甚至當時群貓闖入警察局時，妳就已經明白了。」眼前女子說著，「易主將近，陰陽的交界已經開始重疊，妳的歌曲在陽世掀起海嘯，更是在替妳的回歸做準備。是吧？老大。」

老大？

小靜莫名的，感覺到熟悉感。

但是，她一點都不想要這樣的熟悉感，那是周圍飄散著血腥氣味，滿地都是斷劍殘兵，成堆屍體橫亙到地平線遠端的熟悉感。

「易主將近，」酷似琴的美麗女子嘴角揚起，陰冷到令人膽寒。「七殺老大，我來催促妳現世了呢。」

同時間，城市的另外一頭，一台車引擎轉速加速聲作響，那是新導演轉動方向盤，衝出了自己公寓的停車場。

什麼有星格，他是聽不懂啦，但他知道，他要去救人。

救那個名為小靜，擁有像海浪一樣歌聲的女孩。

同時間，陰界。

柏擦拭著手上的黑矛，他啟程了。

天梁星在南方，按照天相軍部的情報，那個躲藏已久的主星，此刻正在南方。

同時間，也是陰界。

火被點起，鍋子被放上，這鍋子型態古怪，簡直就是一塊不規則的大鐵板，卻散發著一股很難形容的美味氣息。

一個男子，捲起袖子，眼神專注，全身散發出無比莊嚴，卻又無比期待的氣質。

「開始了。」男子嘴角，有著難以被察覺的微笑。「99號鍋，我將再次與你交手，重現這盤『聖．黃金炒飯』。」

千絲萬縷，盤根錯節，綿延數年的故事，陰界，陽世，十四主星，一百零八星格者，千萬黎民百姓。

易主之戰，已然逼近。

2024 07 15 Div 完成於桃園

尾聲

這裡是萊恩麵包店。

萊恩難得的面帶愁容，單手托下巴，無奈地看著手上的一張紙。

紙上是房東寄來的搬遷通知，因為近年房價大漲，房東決定收回麵包店店面，換句話說，萊恩麵包店正面臨有史以來最大危機，關店危機！

而就在此刻，店門的鈴鐺聲響起，有客人推門入內。

來的人共有四人，一女三男，男子皆穿著筆挺西裝，而女子簡潔襯衫，外貌不算美豔，卻自帶一股尊貴氣質。

這時，其中一名西裝男子往前踏了一步，朝著萊恩遞上名片。

「打擾了，我們是土地開發商聘來的仲介公司ZW，紫微企業，您應該已經知道，這商店區的房東，計畫將這塊地賣出給開發商，並重新打造這老舊的商店區。」

「我知。」萊恩嘆氣，「所以我麵包店的店面要被賣掉了吧？」

「是的，但放心，土地開發商找我們ZW紫微企業，來負責中間協調的事務，為了使一切順利，您有任何需求都可以提出，我們都會盡力協助，例如您接下來想要在哪展店？或開發其他事業？」

「我最大的難題啊，唉，你們可以幫我們安撫麵包師傅嗎？」萊恩手比了比後面的烘焙廚房，「他對你們大企業的行為，可是很不爽。」

「麵包師傅？」西裝男人順著萊恩眼神看去，但後面廚房裡，卻不是他預想的，微溫的光線，滿滿的麵包香，身上沾著白色麵粉的高帽子師傅。

如今的廚房裡，火光猛烈，一個裸著上身，滿滿糾結肌肉的男子背影，正舉著一支看似重達千斤的鎚子，一鎚一鎚，轟然擊打著眼前的麵團。

當麵團隱約成形，這男子用大鐵鉗夾起麵團，放到滾燙火焰的烤爐中，又從烤爐中取出，繼續鎚打，更不時將麵團浸入冷水中，爆出陣陣白煙瀰漫。

看見這一幕，這西裝男只是張大嘴巴。「這，這不是在烤麵包，這是在煉兵器吧？」

「我們麵包師傅叫做巨門星天缺，原本工作是煉兵器沒錯，有一天說要來替我烤麵包，我怕拒絕後我小命不保，所以就只好答應他了。」萊恩嘆氣，「現在麵包店快關了，他好生氣，幫我安撫一下他？」

「安安安……安撫他嗎？」西裝男猛吞口水，「他一鎚打到我的頭，我就死了吧。」

「可不是嗎？大概和打到西瓜差不多，汁液會亂噴吧。」

「他，他現在還是生氣嗎？」

「很生氣。」

「那，該怎麼辦？」

「安撫他啊。」萊恩說，「不然你們來接收這麵包店的時候，會死幾個人怕不好說喔。」

「死……死……」西裝男感覺雙腳顫抖，尿意強烈。

也就在這時候，卻見到同行的女子輕輕一笑。

「讓我來吧。」

「啊，老闆……」西裝男見到女子出聲，立刻恭敬地後退一步。

「原來妳是老大啊。」雖是如此說，但萊恩看起來卻一點都不意外的樣子。「妳打算怎麼安撫？」

「怎麼安撫？」這女子乍看之下外貌並不出眾，但當她一站出來，卻散發一股天然的氣勢，所有人的目光都不自覺會集中到她身上，對她產生一股信賴感。

「對啊，妳想怎麼安撫生氣的麵包師傅？」

「要安撫麵包師傅，當然是吃麵包啦，」女子一笑，往前走了一步，半個身子探入了廚房。「師傅，我餓啦，可以推薦幾種麵包嗎？」

這男子的背影聽到女子聲音，微微一頓，跟著隨手揮動鐵鉗，朝著麵包架上一比。

「這一款是嗎？那我自己拿啦。」女子從麵包架上拿了這一款麵包。

這麵包外型類似小圓麵球，九顆相連，大小不一，女子吃了一小口，閉眼品嚐了會。

「這是九星連珠麵包吧，嗯，這一口該是木星口味吧？麵包中充滿祥和之氣，吃起來好似聆聽高僧講道，如沐春風啊。」

聽到女子這樣說，周圍的三個西裝男聽得是面面相覷，老闆是瘋了嗎？這麵包師傅看起來已經很瘋癲了，再刺激下去不會更危險嗎？

「嗯……」只見那麵包師傅沒有太大反應，只是再舉起鐵鉗，比了另一款麵包。

女子拿起這麵包，這麵包又細又長，頗有法國長棍麵包的模樣，但說是長棍，其實更像一把刀，刀面還帶七星凹痕。

這時，萊恩開口了。「這麵包有個名字，叫做七殺刃，是本店的暢銷款，下午一推出就被搶購一空，但有句話我得說在前頭，吃這麵包如果道行不夠，可是會受傷的，上次有個叫橫財的顧客硬買，後來就去住了醫院……」

但萊恩的話還沒說完，就看到女子已經雙手拿著七殺刃，開始一口一口啃了起來。

雖說是啃，但這女子吃東西就是有一股魅力，兼顧著高雅、尊貴，又有那麼一點少年餓肚子看到美食的狼吞虎嚥感。

看她吃東西，會莫名地讓人開心起來。

「您，您吃得挺好的啊。」

「很好吃啊，啊，店長，我剛沒認真聽你說話，你說誰住了醫院？」女子嚼著麵包問。

「沒事沒事。」這時，萊恩看了一眼麵包師傅，而麵包師傅也回看了萊恩一眼，兩人在這一眼中，似乎達成了某種默契。

下一個，該拿什麼麵包的默契。

這時，萊恩從架上拿出了一個麵包，這麵包形狀同樣古怪，竟酷似一個小杯，但又不盡相同，此杯帶著一種中國古風。

「這麵包，說杯不像杯，這應該是鼎吧？像是毛公鼎的樣子。」女子接過這麵包，遲疑了半晌，卻搖了搖頭，遞還給萊恩。

「不吃？」萊恩眼睛瞇起，露出試探神色。

「不吃不吃，這麵包看似紮實美味，但鼎中內部卻吸收了各式各樣的氣味，宛如黑洞吸取萬物，深沉恐怖，機關算盡，這樣的麵包，也許不是他的初衷，但終究走到這一步了，也無法回頭了，我不愛。」女子把麵包遞回去給萊恩。

周圍的西裝男又再次捏了一把冷汗，老闆也太任性，把麵包形容成恐怖深沉，機關算盡？這一下，麵包師傅該抓狂了吧，鐵鎚打在老闆的腦袋上，應該會只剩下脖子吧？

沒想到，聽到女子這樣一說，麵包師傅非但沒有生氣，反而輕輕嘆了一口氣。

他更難得開口了，沙啞低沉的嗓音，喃喃唸著。「也許不是他的初衷，但終究走到這一步了，也無法回頭了嗎？這麵包，叫什麼名字，妳可知？」

「不知。」

「它叫，天相鼎麵包。」

「天相鼎啊，名字也算是有趣。」女子短暫沉思，彷彿觸動了什麼，但她隨即微微一笑。「還有別的麵包嗎？我還沒飽呢。」

「還沒飽？」

「是啊，堂堂一家麵包店，麵包這麼少？竟餵不飽我一個瘦女子？這樣不行喔。」

聽到女子這樣說，西裝男子們又緊張了，連連擦汗，老闆也太囂張太能吃了，不是說要安撫麵包師傅，怎麼好像要怪別人的店招待不周。

那鐵鎚揮舞起來，感覺真的很有威力，一打下去會不會老闆的上半身整個化成肉末，噴濺到牆壁上啊？

「這，本店可說是招牌盡出啦。」萊恩苦笑，「您太識貨了，您能吃出九星麵包的佛氣，又能絲毫不傷地吃完一整條七殺刃麵包，又看破了天相鼎麵包背後的複雜故事，沒別的麵包可以給您啦。」

「是嗎？等等，那個呢？」女子眼睛一亮，手比前方，麵包架角落處，一款頗不起眼的麵包。

此麵包細條呈弧形，有點像是金牛角，但寬度較細，曲線更佳玲瓏，更像一柄微型小弓。

「這麵包，這麵包……」萊恩遲疑。

「這麵包看起來很吸引人耶，我要吃。」女子露出充滿興趣的樣子，「它叫什麼名字？」

「這麵包，我勸您還是別吃的好。」萊恩咬了咬牙，「它叫雷弦。」

「雷弦？這名字也是有趣，你們開麵包店不賣給顧客？是在搞詐騙嗎？」女子一直維持尊貴高雅，難得露出了急態。「我想吃那款雷弦麵包。」

「確定？」

「確定。」

「真的確定？」

「哪那麼多廢話，當然是真的確定！」女子高聲說。

「好！給了！」萊恩拿起麵包夾，用力一夾，夾起那形如彎弓的雷弦麵包，放到了女子捧著的雙手之中。

而這一刻，正就是這一刻，女子聞到了，來自雷弦麵包自身散發出的，淡淡暖香。

「奶酥？不，比一般奶酥複雜得多，是湯，對，這是一碗熱湯的氣味，而且還是深夜裡肚子餓時，剛煮好的一碗湯。」女子閉著眼，當她把臉湊近了雷弦，彷彿她的五官，眼、耳、鼻、舌，一切都被這股暖香所包圍。

為什麼一個麵包，會散發出深夜裡頭，一碗暖湯的味道？

「吃了，可不要後悔啊……」萊恩的聲音，穿過這股暖香，傳入了女子耳中，但女子怎麼可能會理會？

她大大的張開了口，趁著麵包還帶著餘溫，一口咬下雷弦麵包。

嚼著嚼著，但見她越嚼越慢，然後就在下一秒，女子突然安靜下來，她用一手摀住了嘴。

是淚。

正緩緩地，從她臉頰滑落。

一滴一滴，無止境地滑落，她想起了某位故人，多年前，一起在海邊，各聽一只耳機，可以整個下午，聊著無聊願望的故人。

「這麵包，這麵包……」

「這麵包，本名雷弦，」此刻，萊恩聲音溫柔。「但又有另外一個名字，是曾經在這裡打工的小靜幫它取的，叫做『給琴』。」

「給琴……」女子閉著眼，珍惜地品嚐著唇間每一點滴的味道，因為每個味道都回應著她的記憶。

「是啊，剛好與妳一手打造的熱銷歌曲同名，〈給琴〉，獻給那個名叫琴的故人。」

「呵呵。」女子笑了，她依戀地吃完最後一口，然後說話了。「我可以擔保一件事。」

「什麼事？」

「你的麵包店可以繼續經營下去了。」

「喔？」

「因為，我會和土地開發者協商，由我買下你這塊土地的產權。」女子深深吸了一口氣，「以我 ZW 紫微公司創辦人，小風之名。」

「啊……謝謝小風。」

「但有一個條件！」小風淚光的雙眼，帶著微笑。「你得不斷烤麵包，九星、七殺刃、天相鼎，當然最重要的是雷弦，因為一旦我想吃，我就立刻會來買！沒問題吧？」

「當然，沒問題！」

於是，萊恩麵包店背後老闆，正式易主啦。

Div作品 19

陰界黑幫 13

國家圖書館出版品預行編目資料

陰界黑幫．13，／Div 著.
一 初版. 一 臺北市：春天出版國際，2024.11
面；　公分. 一（Div 作品；19）
ISBN 978-957-741-965-1（第13冊：平裝）

863.57　　113015019

ISBN 978-957-741-965-1
Printed in Taiwan

作者　Div
封面設計　克里斯
內頁編排　三石設計
總編輯　莊宜勳
責任編輯　黃郁潔

出版者　春天出版國際文化有限公司
地址　台北市忠孝東路四段303號4樓之1
電話　02-7733-4070
傳真　02-7733-4069
E-mail　frank.spring@msa.hinet.net
網址　http://www.bookspring.com.tw
部落格　http://blog.pixnet.net/bookspring
郵政帳號　19705538
戶名　春天出版國際文化有限公司
法律顧問　蕭顯忠律師事務所
出版日期　二〇二四年十一月初版
定價　380元

總經銷　楨德圖書事業有限公司
地址　新北市新店區中興路二段196號8樓
電話　02-8919-3186
傳真　02-8914-5524